光文社文庫

傑作時代小説

真《しん》贋《がん》控帳

これからの松

澤田ふじ子

JN286285

光　文　社

目次

これからの松

みとせの夏

やかましく蟬《せみ》が鳴き騒いでいる。

朝から陽射しがきびしく、広い屋敷の奥にいても、ひどく暑かった。

「おい以世《いせ》、平蔵をここへ呼んでくれまいか」

書院の間で、分厚い印譜帳《いんぷちょう》に目をこらしていた古筆家《こひつけ》七代の了延《りょうえん》は、総髪《そうはつ》のひたいににじみ出た汗を右手の甲でぬぐい、後ろにひかえる以世をふり返った。

「はい、かしこまりました」

以世は五十を少しすぎた了延の後妻。親娘《おやこ》ほど年がちがい、宝暦《ほうれき》六（一七五六）年、今年で二十七歳になる。すき通るほど色が白く、目鼻立ちがととのい、それでいて温かいものを感じさせるため、了延の門弟たちからなにかと慕われていた。

それまで以世は、夫の後ろから観瀑《かんばく》の描絵《かきえ》をほどこした団扇《うちわ》で風を送っていたのである。

彼女はそれを青竹の団扇立てにもどし、腰を浮かせた。

「ついでに冷たい麦茶をもってきてくれ」

古筆了延は、歩廊《ほろう》にむかう以世にまた声をかけた。

細い足首がかれの目にふと艶《なま》めかしく映った。

「今日は暑うございますさかい、お調べごともそれくらいにして、ちょっと横にならはったらどないどす」

歩廊で身をひるがえした以世は、片膝《かたひざ》をつき夫をうながした。

「おまえはそういうてくれるが、いまのところせかされ物はないものの、一つひとつ仕事を片付けておかなならんのじゃ。これから京の寺では、どこでも虫干しをはじめよる。どかんと鑑定の頼みがきたら、清滝や貴船へ涼みにも行かれへん。月が変わり、半月もしたら、送り火やさかいなあ」

古筆了延は疲れた目をしばたたかせ、以世に答えた。

かれが坐る書院の床には、「竹林弾琴図《だんきんず》」とも名づけるべき中国・宋《そう》代の墨絵がかけられていた。

清流のほとりの竹林で、高士《こうし》が琴をひく姿を、簡略な筆さばきで描いた名幅であった。

この絵の鑑定を依頼してきたのは、高瀬川筋に京屋敷をおく大名家の京留守居役。いままで見たこともない筆致と落款《らっかん》に接した了延は、朝から家伝の古筆手鑑《てかがみ》などを身近につみ上げ、調べに当たっていたのだ。

以世の足音が遠ざかると、了延はまた別の印譜帳に手をのばし、そこに朱色で精密に写された印譜を、目でたどりはじめた。

「平蔵、平蔵はいてしまへんか——」

いくつか部屋をへだてた溜《たま》りの間をのぞいたとみえ、以世の澄んだ呼び声が、かれの耳にもとどいてきた。

そこは古筆家の学問部屋。同家は江戸幕府につかえて寺社奉行の支配に属し、二百七十石をあたえられている。それだけに東に本座敷、つぎに使者の間、広間や式台の間まであり、京の西陣の一画に構えられた屋敷は、きわめて大きかった。

新在家中之町《なかのまち》通りに面した表は長屋門。石を敷きつめた主屋《おもや》までの両側には、しゃれた庭がひろがっている。

古筆家は二百七十石だが、それが収入のすべてではない。徳川家の「古筆見《こひつみ》」の権威をもつため、年間にすればゆうに五百両をこす金子《きんす》を、大名家や裕福な人々から、鑑定の謝礼として得ていたのであった。

「この絵、箱には俵屋《たわらや》宗達《そうたつ》と書かれておりますけど、了延さま、いかがでございまっしやろ。落款も雁《かり》にほどこされたたらしこみの技法も、宗達そのものどす。わたくしはすっきりしたええ絵やと思うてます。けど肝心の極《きわめ》がなければ、折角の名幅も世間には通用せえしまへん。いっぺん見ておくれやすな」

こうしてもちこまれた書画の真贋《しんがん》を鑑定し、了延は一枚の極状《きわめじょう》を記して、そのたびそこそこの礼金をもらい受けていた。

「おおきに、古筆家の了延さまから本物やとの極状をいただいたら、この葦雁図も宗達として、立派に世間に通用しますわいな。世の中には目利《めきき》ばかりがいてるわけではおへんさかい。ほんまにありがとうさんどした」

依頼者は、「古筆了延」と書いて花押《かおう》を記し、「琴山」の印をうった極状を、ありがたくおしいただく。そして用意してきた相当額の礼金を、かれの高弟にそっとわたし、辞していくのである。

「ここの主《あるじ》は古い書画をちょっと見て、数文字の極状を書くだけで、一両二両はおろか、ときには十両二十両の大金をかせいでいるそうな。同じ一軒を構えていても、わしらみたいな小商人《こあきんど》とは、大きなちがいじゃ」

「まったく、少しでもええさかい、あやかりたいもんやわ」

了延の屋敷の前を通る人々は、うらやましげな顔をして、大きな長屋門を眺め上げた。

町かせぎの行商人などは、古筆家の前にかぎり、売り声をひそめて通りすぎるのを、ならわしとしていた。

古筆家は俗に古筆見といわれ、古い書画の鑑定を〈家職《かしょく》〉としてきた。

戦国時代がすぎ桃山時代になると、落ちついた世相をあらわし、古筆の鑑賞がさかんになった。いきおい、それらの真贋を見定め、筆者を特定する専門家が必要とされてきた。

了延の家祖了佐《りょうさ》は、俗名を平沢弥四郎といい、元亀《げんき》三（一五七二）年、近江《おうみ》国に生まれた。名は節世、麩屋《ふや》と号した。

中院通村《なかのいんみちむら》の日記、元和《げんな》二（一六一六）年正月三十日の条に、了佐は「古筆・刀等目利也」とあり、了佐は古筆の鑑定を、近衛前久《このえさきひさ》と烏丸《からすまる》光広について学んだといわれている。

また諸説はあるものの、かれは豊臣秀次から、「琴山」の金印と「古筆」の姓を、鑑定に権威をもたせるため、あたえられたと伝えられる。

古筆——とは、古人の筆跡をさしている。

有名な人の文字あとをいい、筆者はおよそ天皇、皇后、公卿《くぎょう》、または歌人や高僧、さらには茶湯者《ちゃのゆしゃ》、武将、能筆家などであった。

古筆鑑賞の歴史は、平安、鎌倉時代にまでさかのぼるが、本物とにせ物の鑑定の必要は、早くも平安時代には生じていた。

藤原行成《ゆきなり》の日記『権記《ごんき》』をはじめ、当時の公卿たちの日記に、有名な古筆の真贋について、さまざまな経緯《いきさつ》が記されているのだ。

古筆家の初代了佐が、鑑定を学んだ近衛前久と烏丸光広は、古筆にくわしく、人から真贋の判定を頼まれることが多かった。

『本阿弥《ほんあみ》行状記』は、「烏丸光広卿と中院通村卿、二人は勅命で古筆鑑定の家本《いえもと》におおせつけられ、禁裏所蔵の古筆などをお預かりになった。将軍家や諸家から依頼が多く、あまりにお忙しいので、光広卿の弟子の麩屋了佐に、古筆目利所を二卿の推挙で勅許された」と書いている。

だが了佐への勅許の部分は誤伝だろう。

慶安《けいあん》四（一六五一）年に刊行された『御手鑑』の序には、了佐はある年江戸に下り、将軍家が秘蔵する手鑑を拝覧、「古筆」の名をあたえられたと記されている。

了佐は豊臣家の時代すでに姓を古筆と名のっており、これから考えれば、徳川幕府から改めてこの姓と権威を保証してもらうため、東下したものと推察されるのだ。

こうして成立した古筆家は、了佐の四男了栄が家をついで京都に住んだ。了佐の三男一村は別家をたて、その子了任は江戸に住み、両家とも幕府の寺社奉行の支配を受け、扶持《ふち》をいただいていた。

古筆家ではすでに始祖了佐の時代からだが、古人の筆跡だけではなく、絵画もくわえ、双方を合わせて鑑定を家職としていたのであった。

徳川幕府が安定するにつれ、古筆家の用は次第に多くなってきた。

各大名家や、京大坂や江戸に大店《おおだな》をもつ富裕な町人たちが、こぞって家蔵の書画の鑑定を依頼してきたからである。

日本の全国各地には、おびただしいほどの書画が蔵されている。

各時代、すぐれた絵師や能筆家があらわれ、しかるべき家ならどこでも、床《とこ》にかける四季の書画をもっていた。

人間は地位や資産ができると、高尚《こうしよう》なものに趣味をわかせ、身辺を飾るためにも書画や骨董《こつとう》を必要とする。わびやさび、茶湯の世界がそれに拍車をかけ、古筆家は幕府の庇護《ひご》を受ける特殊な家として、京都では誰からも一目おかれていたのだ。

書院の間にむかい、ひっそり足音が近づいてきた。

「お呼びでございましょうか——」

門人の中で最も新参で若い平蔵の姿が現れた。

かれは髪を後ろでたばね、筒袖《つつそで》に筒袴《つつばかま》をはいている。

了延が背をみせる書院の間の敷居ぎわに、片膝をついてたずねた。

「おお平蔵か。おそかったが、なにをしていたのじゃ」

幾分、表情に不満をのぞかせ、了延は身体《からだ》のむきを変えてただした。

平蔵は十九歳、背丈は並みだが、目と眉《まゆ》がきりっとつり上がり、色黒の顔に、なにか暗い翳《かげ》をにじませていた。

門人として古筆家につかえて約三年。かれが表情をゆるめ声を上げて笑うのを、二十人ほどいる門人たちの誰一人として見たことがなかった。

門人頭《がしら》の井狩源右衛門は、平蔵の奴は門人として当家へまいった経緯《いきさつ》が特異なれば、まだほかの者たちへの遠慮があり、当人も戸惑っているのでございましょうとのべていた。

井狩源右衛門は四十すぎ、沈着冷静な人物で、かれの学識は了延を大いに補《たす》けている。特に平安、鎌倉期の歌巻や、公卿の日記の断簡《だんかん》の筆者判定では、了延すらおよばないほど正確であった。

「これは楮紙《こうぞ》、わたくしは後白河院さまのかな消息ではないかとぞんじます。文中の〈すけかた〉は、権大納言《ごんのだいなごん》　源　資賢《みなもとのすけかた》でございましょう。お屋形《やかた》さまも、すでにさようにお思いのはず。何卒《なにとぞ》、ご意見をおきかせくださりませ」

かれはいつも自分の考えを了延のものとしてのべ、主の面目を立てさせていた。

「源右衛門、まことそなたのいう通りじゃ。ひらがなの肥瘦《ひそう》、行《ぎょう》が少し左にかたむいている点など、穏やかだが、この筆力は後白河院さまのかな消息にちがいなかろう」

古筆了延は、内心ほっとした気持をかくし、かれに答える。

源右衛門も自分の功を、ほかの門人たちに決してひけらかさなかった。

そのかれでも、以世が若い平蔵に特別目をかけるのを眺め、さすがに眉をひそめていた。

——いくら平蔵の奴が気のどくな境遇でも、ほかの門人衆の手前もある。何事もほどにしてもらわな、どもならんわい。

古筆家の女主以世と、平蔵は八つも年がちがっている。二人の間に男女の感情など少しもないぐらい、源右衛門にも十分わかっていた。

以世が平蔵に目をかけるのは、不遇にすごしてきた夫の門人を温かくかばい、すぐれた鑑識眼を育てさせたい気持からだと理解している。だがそれでも一門をたばねる門人頭として、以世のやりすぎには、いつも危惧《きぐ》を感じていた。

「ほかの門人がひがみのあまり、なにをいい出すか知れぬしなあ。人の口に戸は立てられぬものじゃ」

それが源右衛門の心配するところであった。

了延後妻の以世は、平蔵にそっと金子をにぎらせていたのだ。かれの実家の暮らしを案じてだとわかりながらも、源右衛門はやはり平静な気持ではいられなかった。

お屋形さまの耳にとどけば、これがどう思われるか。さらに以世と生《な》さぬ仲になる了延の子市太郎が知れれば、家内《いえうち》の紛争はさけられないだろう。

のちに古筆家八代をついで了泉《りょうせん》を名のる市太郎は、まだ十七歳。かれは父了延の三十七のときの嫡男で、七つのおり母を失っている。数年後、以世は了延に見染められ、強引に古筆家に嫁がされてきたのである。

以世の父親は、丹波篠山《ささやま》藩の京屋敷につめていた。だが前藩主松平信岑《のぶみね》の時代、かれが丹波亀山に転封《てんぽう》されたとき、人員整理のあおりを受けて扶持を失い、下京《しもぎょう》の花屋町に住んでいた。

松平信岑の亀山転封は延享《えんきょう》五（一七四八）年四月。このおり、領内の多紀郡泉村などでは、藩が領民から借り上げていた御用銀の返還をもとめ、強訴《ごうそ》が起こっている。以世が十九歳のときであった。

下京の花屋町は、東本願寺と西本願寺の間にのびる短い町筋。以世の父小高根《こだかね》久内は、知辺《しるべ》を頼ってここの路地長屋に住居を定め、扇骨けずりの仕事にありつき、やっと暮らしを立てていたのだ。

「小高根どのはもちろん、ご子息又四郎さまのご仕官にも、必ずお力ぞえをいただきますわいな。この縁談、まげて承知していただけしまへんやろか。先さまはひどくご執心どすのやわ。世間には親娘ほど年のちがう夫婦は、ぎょうさんいてまっせ。後妻というたかて、お相手は徳川さまお抱えの古筆家。悪い話ではおまへんがな——」

小高根久内に相談をもちかけてきた上京《かみぎょう》の扇商「近江屋」六郎兵衛は、膝をすめて久内をかきくどいた。

以世が古筆家に嫁《か》してほどなく、父親の久内は摂家の一つ九条家に、又四郎は山城淀《よど》藩の稲葉家に出仕が決まった。

いずれも幕府古筆見の了延が、近江屋六郎兵衛に約束していた通りであった。

花屋町の路地長屋での貧乏暮らしは数年だが、以世が若い門人の平蔵になにかと目をかけるのは、そこでの不如意な日々が、彼女の身にしみていたからだともいえよう。

彼女は平蔵が古筆家へ門人として奉公に上がる前から、誰に対してもやさしく接していた。

古筆了延からおそかったといわれ、敷居ぎわに手をついた平蔵は、ちょっと口ごもった。

「平蔵、どないしたのじゃ。なぜわしの問いにすぐ答えぬ」

「は、はい――」

平蔵は小声でいい、急にうなだれた。

ぐっと口をつぐみ、顔を昏《くら》くゆがめた。

了延のひたいに青い筋がうかび上がり、疲れていたはずの目に、怒気がにじんできた。

「平蔵、そなたわしへの返事をなぜ渋っているのじゃ――」

かれは手をそえていた印譜帳を、ばたんと音をたてて閉じた。

「い、いいえ、決してそんなつもりではございまへん」

びくっとして顔を上げた平蔵は、驚いた表情で了延にうったえた。

かれは門人頭の井狩源右衛門が危惧する、やましいおぼえをもっている。

そのため了延の前にくると、平蔵はいつも伏し目がちになるのだ。

「御督様《おかみさん》、家のほうはなんとかやってますさかい、こんなこと、もうやめとくれやす。お願いどす。人に知られたらわたくしばかりか、御督様もお困りにならはります。どうぞご辞退させとくれやす」

以世はなにも気付いていないが、数度、平蔵は彼女から小金をくるんだ紙包みをにぎらされているところを、井狩源右衛門に見られたのではないかと思っていた。

源右衛門は素知らぬ顔をしていたが、いつ考えを変え、それを主の了延に告げるかわからなかった。

京都では天皇のことをお上《かみ》、または当今《とうぎん》さまといい、親王、摂家、大臣家などの当主を御所様《ごっさん》と呼んだ。一般公家《くげ》は殿様《とのさん》、夫人は御督様といわれている。幕府につかえる古筆家ではこれにならい、夫人を御督様とあがめていたのであった。

平蔵の胸裏に、貧しい家の暮らしがふとうかび、胸がせつなく騒いだ。

「ならばなんでわしに黙っているんや。そなたは溜りの間で、古筆家の歴代がたくわえてきた手鑑《てかがみ》を、空穂助《うつぼのすけ》の奴から見せられていたのではないのかいな。どうじゃ」

了延は少し怒りをやわらげた口調で、平蔵に改めてたずねかけた。

「いいえ、そうではございまへん」

「ではどうしていたのじゃ」

今日、門人頭の井狩源右衛門は、自分の名代《みょうだい》として高瀬川筋の加賀藩京屋敷に出かけている。いつもなら源右衛門が門人にする講義を、三番頭の竹田空穂助が行っていたのであった。

竹田空穂助は、嵯峨野《さがの》の宮門跡《みやもんぜき》、安徳寺坊官《ぼうかん》竹田大膳の二男、二十七歳になっていた。

「もうしにくうございますが、実は炭小屋のかたわらで、薪割りをいたしておりました」

平蔵は両肩をすくめ、小声でやっと答えた。

「な、なんじゃと。そなたは誰の指図で勉学をおこたり、そんな仕事をしていたのじゃ。これはきき捨てにできかねる」

意外なことを告げられ、了延は鋭く目をむいた。

門人として平蔵にかける期待が、大きかったからだ。

一気にまた不機嫌になった了延の顔色をうかがい、平蔵も眉をひそめた。

これは告げ口にはならない。かれ自身も胸の中でふつふつ怒りをおぼえていたからだ。

平蔵には、つぎにくる了延の言葉がわかっていた。

「平蔵、誰がそなたに薪割りを命じたのじゃ。かくさずにいうてみい。そなたを困らせるような叱《しか》りかたなんぞせえへんわい。まげて答えるのじゃ」

了延は平蔵が予測していた通りにたずねかけた。

「はい、空穂助さまが、わたくしに薪割りをおもうしつけになられたのでございます」

平蔵は了延の顔にじっと目をすえ、今度はためらわず相手の名前を上げた。

本当のところかれは、斧《おの》で竹田空穂助の頭を叩《たた》き割ってやりたいほど、腹を立てていたのであった。

かれは自分になにかと用をいいつけ、溜りの間での講義をわざと受けさせない。これが日々、たび重なれば、いくら新参者とはいえ、平蔵の勉学は目に見えておくれてくる。古参の門人として、あるまじき行為であった。

「うむ、なるほど空穂助の差し金か。源右衛門が屋敷をちょっと留守にすると、すぐに好き勝手をいたしおってからに。空穂助はほんまに度量のせまい、どうにもならん奴じゃ。せやけどな平蔵、そなたにも気をつけないかんところがあるのだぞ。みんなの前で、あからさまに空穂助の目利《めきき》ちがいをやりこめては、いかんというてるのや。出る杭《くい》は打たれる。人間はなあ、なんであれ自分よりすぐれた相手を、心の底では妬《ねた》ましく思うものじゃ。同じく古筆鑑定を学ぶ同門ともなれば、ましてじゃろう。二十七と十九歳、年の差なんぞ問題ではない。むしろそなたが自分よりずっと若いだけに、空穂助の妬ましさはいっそうひどいはず。わしも源右衛門も注意しているつもりじゃが、そなたもわが身を守るため、なにかと空穂助に気を配るようにせねばならぬ。わしはあれに、追従《ついしょう》せいというてるのとちがうのじゃ」

了延は平蔵に諄《じゅんじゅん》々といいきかせた。

古筆家では、歴代が記してきた書画の真贋を見分ける鑑定法や心得、また手鑑《てかがみ》などを教材にして、古い門人が後輩たちを指導している。了延自身が意見をきく場合もときどきあった。

いきなりかれらに何十幅かの書画を見せ、了延自身が意見をきく場合もときどきあった。

半年ほど前、平蔵はそんな席で、空穂助の目利ちがいを鋭く指摘し、古参のかれをへこませたのだ。

以前から平蔵の古筆鑑定の正確さに嫉妬《しっと》をおぼえていた空穂助は、これを契機に少しずつ、かれに悪意をつのらせてきたのであった。

竹田空穂助は、古筆家では三番目に古い弟子。それだけに平蔵への意地悪は、かれをみんなの中から排斥する方向にと発展していった。

なにかと他の門人たちと分けへだて、雑用ばかりをいいつける。必要な書物の借用を乞《こ》えば、いま自分が読んでいるといい、平蔵には貸さない。わからないことがあってたずねても、せせら笑って教えてくれなかった。

自分は安徳寺門跡につかえる坊官竹田家の二男。平蔵は高瀬川の船頭の子、つい先ごろまで、炭問屋の小僧にすぎなかったと、身分への驕《おご》りが、明らさまにうかがわれた。

「炭屋の小僧が古筆見になろうとは、あきれてものもいえへんわい。徳川さまとてびっくりなさるぞよ。いくら気まぐれからとはいえ、お屋形さまも妙な小者をひろうてこられたものじゃ。わしは同じ釜《かま》の飯を食うのも、けがらわしいと思うている」

平蔵が新在家中之町の古筆家へ門人として引き取られてきたころ、空穂助は内弟子としてまだ同家の門人部屋に住みこんでいた。

いまは安徳寺の門前に構えられる実家から通っているが、かれは当初、きこえよがしに悪態を吐《つ》いてはばからなかった。

「空穂助さま、いかにもでございます」

「わしとて、町方の下賤《げせん》な奴のいびきをきいて眠りたくはない。あ奴の物腰を見るたび、一つひとつ肌が粟立《あわだ》ってくる。よくよく身分をわきまえてもらいたいものじゃ」

古筆家では、何人かの内弟子たちが空穂助に同調し、悪口をたたいた。

「おまえたち、まあそういうまい。お屋形さまも門人頭の源右衛門さまも、なんぞお考えがあり、平蔵を内弟子としてひろうてまいられたのであろう。わしらがあまり嫌うては、お考えにそむくことになる。まあ少々は我慢いたしてやれ。見たかぎり平蔵の奴、まだかわいらしいところがある。わしらへの挨拶《あいさつ》もきちんといたしおった。表立って身分の上下をいい立てるのは、とにかくよくなかろう。空穂助、そなた少し大人げないのではあるまいかな――」

りたしなめた。

空穂助とほぼ同時期、内弟子として入門してきた年上の菅沼弥十郎が、かれをやんわ

古筆家は幕府寺社奉行の支配を受けている。

それだけに一応、かれらには内弟子とはいえ、陪臣《ばいしん》の資格があたえられており、外出のおり、かれらは脇差《わきざし》をおびさせられていた。

門人たちのほとんどは、士分の者でしめられ、菅沼弥十郎は美濃郡上《みのぐじょう》藩御納戸役《おなんどやく》の息子。他の門人も、主家の書画を取りあつかうのを将来の目的として、入門してきた若者たちであった。

安徳寺は嵯峨野の北にあり、真言宗安徳寺派の大本山。〈あだし野御所〉とよばれ、宮門跡寺院の一つとして、輪王寺、仁和寺についで高い寺格を誇っていた。

坊官とは、門跡寺院だけにおかれた職制。堂上のあつかいを受ける公家の諸大夫より、さらに身分が高い。法橋《ほっきょう》に叙せられ、法体で絹の袴《はかま》をはき、諸行事や日々の雑事、門跡の警固など、すべての寺務を指揮し総轄した。

安徳寺の坊官は四軒、諸大夫は二軒、侍は十軒。空穂助の親許《もと》は、古筆家とあまりちがいのない家格として、京ではあつかわれていた。

それだけに空穂助は、門人頭の井狩源右衛門だけではなく、当主の古筆了延にも、な

にかと厄介な門人といえないでもなかった。

「江戸の寺社奉行さま、さらには京都所司代の牧野貞通さまのお口添えがなければ、安徳寺の坊官の息子など、わしは内弟子として取りたくなかったわい。あつかいにくくてかなわん。ちょっと小言をもうせば、すぐ不服顔を見せおる。あれでは書画の講釈はいっぱしのべられても、目の利くよい古筆見にはなれぬわい」

竹田空穂助が古筆家に入門したのは、了延が妻を亡くした翌年、空穂助は十八歳であった。

「お屋形さま、まあそうもうされまするな。わたくしが空穂助の性質を、いくらかでも直させまする」

おりにつけ、源右衛門がおだやかになだめていた。

空穂助が二十歳のとき、かれを推挙してきた京都所司代の牧野貞通が病没、翌年の八月二十六日、江戸幕府が西国支配の象徴としてきた二条城の天守閣が、落雷のため焼失した。

だが京都の人々は、「目ざわりなものがのうなった。これで西の眺めもすっきりしたがな」と、かえって口々によろこび合っていた。

そしてその三年後の秋、十六歳の平蔵が、古筆了延の内弟子として、新在家中之町の長屋門をくぐってきたのだ。かれは小さな風呂敷包《ふろしき》み一つをかかえただけの姿で、父親の仁助につれられ、おずおずやってきたのである。

当時の平蔵は、顔にまだ幼さをのこしていた。

あれから約三年、いまのかれは了延の前にひかえると、幾分、ちぢこまってはいるものの、古筆家の内弟子として、次第に書画の目利《めきき》に自信をつけてきたのか、挙措にも重みが感じられるようになっていた。

それが空穂助の妬みを、いっそう買っているのだろう。

「お屋形さまのお言葉、この平蔵、肝にきざんで心得ました。それゆえ何卒《なにとぞ》、空穂助さまへのお叱りをおひかえくださりませ」

かれは頭を下げて了延に頼んだ。

「平蔵、それくらいわしにもわかっておる。ほかの者とはちがい、そなたのことで空穂助を叱るには、なにかと気配りがいるさかいなあ。源右衛門とも相談し、あんばいよう考えたる。ともかく何事につけ辛抱することじゃ。ええなあ」

門人頭の源右衛門は、古筆家と同じ町内の長屋に住んでいる。女房のおるいは同家の台所仕事を手伝い、二人して了延からの扶持で、一男一女を養っていた。

了延は表情をなごませ、源右衛門の取る処置を思いうかべながら、平蔵にいいきかせた。

「お屋形さま、わたくしみたいなものに、もったいないお言葉でございます」

「なにがもったいないのじゃ。わしにはそなたも空穂助も、同じかわいい弟子。そやけど空穂助が、家柄なんぞを鼻にかけて、そなたを辱《はずかし》めるのであれば、破門したいのはあいつのほうじゃ。源右衛門にもわしの気持を十分に話し、上手にやってもらうさかい、あんまり心配せぬことじゃ。よいなあ」

了延は平蔵をいたわるように諭した。

「いろいろお気をつかわせ、もうしわけございませぬ」

「なにをいうてるのや。そんなことはあたりまえじゃ。そなたは自分を高瀬川の船頭の息子、炭屋に奉公していた小僧やったと、いつまでも思うてたらあかんのやで。人間はもとをたどれば、当今《とうぎん》（天皇）さまは別にして、ほんまは誰もがどこの誰やったかわからへんもんじゃ。親戚《しんせき》を何百年にもわたってたどったら、盗賊も女子《おなご》を犯した者も、博打で身をもちくずした者、不義理して夜逃げした奴もいるわい。人の営みとはそうしたもんで、つまるところ貴賤なんかあらへん。そなたも古筆家の内弟子としてここにいるかぎり、又家来やけど徳川さまのご家臣やと、誇りをもたなあかん。そこのところをしっかり承知するのや。その誇りが、古筆見の勉強にも大きく役立つのとちがうか――」

了延の言葉には、道理と分別がふくまれていた。

古筆家の始祖となる了佐の家は、街道筋で草餅《くさもち》を商うかたわら、百姓をしていたとのいい伝えがあった。

「はい、あいわかりました。ところでお屋形さま、わたくしをお呼びになりましたのは、なにゆえでございます。おもうしつけくださりませ」

平蔵は了延がいいつけようとした用事を、かれにたずねた。

「おおそうであった。話が脇道にそれてしもうたが、書庫の二の段においてある唐絵の印譜帳を、全部ここに運んできてほしいのや。床にかけた墨絵の筆致は、牧谿《もっけい》のものと見たが、画中の印を、一つひとつしっかり確かめたいのじゃ」

「天山の印が押されているようでございますが、天山は将軍義満公の所蔵印——」

「まさしくその通りじゃ。そなたもそこそこ目利《めき》きになったものよ」

了延の褒《ほ》める言葉をきき、平蔵は立ち上がった。

平蔵の足音が書庫のほうに遠ざかる。

了延は再び床の墨絵にむきなおった。

すると、平蔵を内弟子にした三年ほど前の光景が、かれの胸に鮮やかによみがえってきた。

その日了延は、夏の陽をあび、井狩源右衛門と以世、ほかに二人の内弟子をしたがえ、黒谷の真如堂《しんにょどう》のご開帳に出かけたのである。

ご開帳は、本尊の厨子《ずし》の扉をひらき、秘仏を信者に拝ませることだ。

各寺はそれにともない、宗祖や開山の画像のほか所持する書画を、虫干しをかねて公開する。古筆見《こひつみ》には、各寺に秘蔵される書画を見るまたとない機会。そのあとには、古筆鑑定の依頼がつづいた。

「きょうはまことにお暑うございます」

夫婦とも新在家中之町から駕籠《かご》でやってきた。真如堂の門前で、はき物を駕籠のそばにそろえた源右衛門に言葉をかけられ、了延は道に立ち上がった。

山門のむこうに三重塔が見え、陽射しにかがやく青葉の間から、東山の稜線《りょうせん》が切ぎれに眺められた。西の後ろは吉田山、あたりは緑でおおわれ、蟬の声が主従の耳に喧《やかま》しくきこえていた。

「以世、去年は東福寺さまの虫干しにつれていってやったが、確か真如堂にくるのは初めてじゃなあ」

了延は以世にやさしげな声をかけた。

古筆家に嫁いで三年、以世は同家の家風にもやっと馴《な》れてきた。十四歳になる了延の子市太郎も彼女に好感をもち、なごやかな毎日がつづいている。二十六歳も年のちがう夫了延は、まだ枯淡にはほど遠く、男ざかりの覇気《はき》が全身に感じられた。

「はい、真如堂さまへのお供は初めてでございます」

「ああ、去年は市太郎をつれて訪れ、そなたには留守居をしてもろうていたわい」

「さようでございます。東福寺さまへのお供は数日後、あいにく雨となりました」

「そなた、よくおぼえているのう」

了延は若い妻が、当日のことをはっきり記憶しているのに、満足のようすであった。

「この真如堂は、正式には真正極楽寺ともうしてなあ。天台の寺で、ご本尊は阿弥陀如《あみだにょ》来《らい》。平安時代、一条天皇さまの勅願寺であったそうな。それだけに、応仁《う》の乱ですべてが焼け失せたあと、寺地を市中に転々と移しながらもなにかと再建され、家康さまのお沙汰《さた》で堂塔伽藍《がらん》を一気に復興させた。信者から寄進された古書画の類も、大変な数になるという」

了延の言葉を、以世はうなずいてきいていた。

参道の石畳をたどり、山門をくぐる。

右手に三重塔が、夏の青い空に高くそびえていた。

暑いせいか、ご開帳といっても広い境内に人影はまばらであった。

「昨年の虫干しは、中古の書画が多うございました。応仁の乱で寺が焼け失せたとき、それらの品は寺僧が長櫃《ながびつ》に入れ、比叡山《ひえいざん》に難をさけさせたときおよんでおります。虫干しは今年もやはり、本堂と庫裡《くり》で行われておりまする」

「あの大乱では、貴重な書画がぎょうさん焼けたやろうなあ。もったいないことをしたものじゃ。これをもうしては罰《ばち》が当たるかもしれぬが、大乱でご自分の屋敷を失われた近衛家の前久《さきひさ》さまは、お子の信尹《のぶただ》さまとともに二十八年間、強引に東山の慈照寺（銀閣寺）に住んでおられた。そして将軍義政さまの時代から伝えられてきた寺宝をつぎつぎと売りとばして、食いつないでおられたそうじゃ。乱世で領地から年貢がとどかず、お困りのすえのこととはもうせ、豪気なお振る舞いじゃ。古筆家の初代了佐さまは、その近衛前久さまに書画の鑑定を学ばれた。当時、了佐さまは、前久さまが売りとばそうとされている書画を、さぞかしたくさん見せていただかれたことやろう。世間ではわしが鑑定の極状《きわめじょう》にもちいている琴山の印を、金印ともうしているそうじゃが、それはただの象牙《ぞうげ》印。源右衛門、世の中の噂《うわさ》とは、ええかげんなもんじゃなあ」

「いかにもさようでございます。されど世間は、象牙より金《きん》を尊しといたしますれば、それでよろしいのではございませぬか。あえて本当を明かす必要はありますまい」

「まったくそなたがもうす通りじゃ。主旨はちごうているが、世阿弥どのは花伝書の中で、秘するが花と書かれておる。世間はもっともらしい外面《そとづら》ばかりを大事にいたすが、ありていにもうせば、古筆家はそれゆえにこそ、幕府からの扶持にありついておるのやわ」

了延はいくらか自嘲《じちょう》ぎみにつぶやいた。

「お屋形さま、古筆家のご当主さまが、軽はずみなことをもうされてはなりませぬ。わたくしは古筆家の歴代さまがたが、それぞれ真剣に書画の鑑定に力をつくしてまいられ、お家の礎《いしずえ》を築かれたのだとぞんじまする。金森宗和さまに茶湯《ちゃのゆ》を学ばれた三代了祐さまは、西行法師の五首切《ぎれ》を見あやまられ、切腹されかけました。そのとき、二代了栄さまの高弟蔵田宗英さまに危うく止められ、以来、西行のものにかけては、およぶ者がないまでの目利《めきき》になられました。古筆家の書庫に蔵されている膨大な手鑑《てかがみ》は、それこそ歴代さまの血と汗のかたまりともうせましょう」

手鑑とは、古人の書状や写経の断片などを集めたものをいい、手は筆跡。古筆家が蔵している手鑑は、相当な量におよんでいた。

現在、国宝として熱海のMOA美術館にある手鑑「翰墨城《かんぼくじょう》」は、古筆家の別家、江戸に住んだ了仲から、益田鈍翁《どんおう》の手にわたったもので、合計三百十一枚。聖徳太子、紫式部、平清盛、親鸞《しんらん》、兼好《けんこう》法師など、各時代に生きた人々の書状や写経の断片、色紙短冊などが、びっしりおさめられている。

ついでに書けば、了延から六代あとになる京古筆家の十三代了信は、明治二十九年、家蔵第一の手鑑「もしほ草」を、井上馨《かおる》に二千円でゆずり、約三百年つづいた家職を閉じた。

この手鑑は、表に古筆切《ぎれ》百十七枚、裏に百二十五枚をおさめ、銘の「もしほ草」は、『新古今集』（巻八・哀傷歌）の「みし人は世にもなぎさのもしほ草　かきおくたびに袖ぞしをるる」や、『続後撰集』（巻十七、雑歌中）の「もしほ草かきあつめてもかひぞなき　ゆくへも知らぬわかの浦風」などの歌にちなんで命名された。

このほかに有名な手鑑として、「見ぬ世の友」があり、三つを合わせて三大手鑑といわれている。

手鑑は千利休《せんのりきゅう》の時代、書院飾りとしてもちいられた時期もあり、江戸初期から好事家《こうずか》によってさかんに作られた。上流社会で、娘の輿入《こしい》れに第一、必要な道具とされた時代もあった。

「古筆家歴代が作った手鑑か。ばらばらになっておるゆえ、いずれ一つにきっちりまとめねばならぬわなあ」

「いかにもでございます」

了延と源右衛門は、ゆるやかな勾配《こうばい》で本堂へのびる石畳をたどりながら、家職について際どいやり取りを、さりげない口調で交わした。

目の前に本堂が壮大に迫り、大屋根の甍《いらか》が、二人の目をまぶしく射ていた。

読経の声がどこからともなくきこえてくる。

「さて、虫干しされた書画を、拝見させてもらうといたすか。以世に源右衛門、もどりは鴨川《かもがわ》沿いの料理屋にでも立ち寄り、夕涼みをしていこうやないか——」

黄櫨《はじ》色のきものを着た了延は、横に広い階《きざはし》のすみに草履をぬぎ、以世と源右衛門をふりむいた。

「お屋形さま、それはよろしゅうおすなあ。あとでお屋敷に使いをやり、市太郎さまをお呼びしたらいけまへんやろか——」

以世はいつも市太郎に気を配っている。

「そなたの好きなようにしたらええ。わしはかまへんでえ」

了延の言葉は、弟子たちのそれが堅苦しいのにくらべ、ときおり町言葉になっていた。

最初、かれはご本尊の前に坐り、両手を合わせ長く瞑目《めいもく》した。

ついで立ち上がり、本堂の長押《なげし》にかけられた書画をざっと眺める。つぎに庫裡にすすみ、広いそこにやはりかけられた書画を、順番に見ていった。

そして了延は、そこの奥まったふすまの前で、若い男が膝をつき、じっと絵を見ているのに気づいたのである。

「源右衛門——」

了延は項《うなじ》をまわし、後ろにひかえるかれに小声で思わず呼びかけた。

「あれは、お屋形さま」

源右衛門も庫裡の長押にずらっとかけられた古画を、一心に眺めている若い男に、早くも目を止めていたのであった。

了延と源右衛門の主従は、一昨日、北野神社に近い大報恩寺の虫干しに出かけていた。

その大報恩寺でも、わき目もふらずに古画を見ていたかれを、認めていたのである。継《つ》ぎの当たった粗末な筒袖にもも引きをはき、年は十五、六ぐらいのまだ少年だった。

一昨日についで今日ばかりではなかった。

思い出してみれば、昨年もあちこちの寺院の虫干しの場で、かれの姿を見かけていた。かれはどこでも絵をただじっと見ている。

膝をついてみつめ、つぎには絵からやや離れ、また全体を眺めているのであった。そして再び絵のそばに近づき、鋭い目つきになり、絵の描線をたどる。ひたすらためつすがめつしているのだ。

かれはぼんやり絵を眺めているのではない。理由はわからないが、絵を見るについて、はっきりした一つの意志が感じ取れた。

了延と源右衛門、それに以世たちは、がらんとした庫裡の入り口に足を止めたまま、自分たちの気配にも気づかず絵を見つめている少年に、目を見はっていた。

畳に両手をついた少年の指の爪《つめ》は、異様に黒かった。

服装からうかがえば、どこかで小僧働きをしているにちがいなく、そんな少年が熱心に絵を見ている姿が、了延や源右衛門にある種の感動をおぼえさせた。

「源右衛門、あの童《わっぱ》、何者じゃろう」

了延は源右衛門にまた小声でたずねかけた。

「何者かわかりかねまするが、一心に絵を眺めているあの姿、お店《たな》奉公をするただの小僧とは、とても思われませぬ」

「一昨日は北野の大報恩寺で、今日はまた真如堂でじゃ。去年もあ奴をほうぼうの寺で見かけたのを、わしはおぼえている。若輩者がただの気まぐれできているとも思われへん。あれは絵からなにかを学び取ろうとしている顔じゃ。それにしても、お店奉公の小僧づれが、わしらの行く先ざきで、妙なことをいたしているものよ」

「さよう、いずれの寺でも、あの小僧はわき目もふらずに絵を見つめておりました。不審といえば不審。あれは絵の品定めをしている目つきでございまする」

「そなたはあの小僧が、絵の善《よ》し悪《あ》しを考えながら、見ているともうすのじゃな」

「いかにも。少なくともわたくしには、さように思われてなりませぬ」

源右衛門の顔に赤味がさしかけていた。

それは次第に了延の顔にも広がってきた。

二人は互いの顔を見合わせ、同時にうなずいた。

「源右衛門、あの小僧めに話しかけてみたいと思うが、どうやろ」

「さようにいたされませ。わたくしより、お屋形さま自らがよろしゅうございましょう」

「あなたさま――」

主従の切迫した気配を察したのか、以世がすがりつく目で了延を眺めた。

「以世、なにも案ずるまい。相手はただの子供じゃ」

了延は以世の心配を手で制し、絵に目を寄せ、奇峭《きしょう》な山岳に見入っている少年にずっと近づいた。

「これ、そなた。ぶしつけにたずねるが、そなたは絵を見るのが好きなのか。それとも絵師にでもなりたいのか。見たところ、どこぞの店に奉公している小僧か丁稚《でっち》のようじゃが」

いきなり了延から声をかけられ、小僧ははっと我にかえり、驚いた表情でかれを眺め上げた。

「そなた、いかがじゃ」

相手は立派な服装をした人物、かれの後ろにひかえるのは供にちがいない。小僧、すなわち平蔵は、狼狽《ろうばい》してその場に両手をつき、平伏した。

「わたしがなにか不調法をいたしておりましたなら、何卒《なにとぞ》、気づかぬこととしてお許しくださりませ」

「な、なんじゃと――」

かえって了延のほうが驚いた。

「お小僧はん、そなたさまを咎《とが》めているのではありまへん。そなたさまがあんまり熱心に絵を見ておいやすさかい、うちのお屋形さまが、その訳をたずねておいやすのどす。手を上げて、気楽にお答えやす」

気を取りなおした以世が平蔵に近づき、膝をついてかれの肩にやさしく手をかけうながした。

「へ、へえ。わたしは四条米屋町の炭問屋伊勢屋の奉公人で、平蔵ともうします。絵師にでもなりたいのかとのお言葉でございますけど、絵描きにはなりとうおまへん。けど絵を見るのが好きで、自分でもどうにもならしまへん。虫干しのおりには、古い絵が誰にでも見せてもらえますさかい、お得意さまに炭をおとどけするついでに、つい道草をくい、かようにしているのでございます」

平蔵は声をふるわせ、やっと答えた。

炭問屋に奉公しているとわかり、かれの手の爪の黒いのにも、納得ができた。

「そなた、年はいくつじゃ——」

推察していた通りの返事を得て、源右衛門が師の了延をさしおき、平蔵にたずねかけた。

「はい、十六歳になります」

「なにっ、十六歳だと。さような年で絵を見るのが好きだともうすのか」

「古い新しいに関わりなく、絵を見るのが好きで、自分でもどうかしているのではないかと思うております」

かれの言葉で、源右衛門の目が柔和にゆるんだ。

平蔵はこれを縁に、古筆家の内弟子となったのだ。いまかれの立ち去る足音をきき、了延はあの日のことが無性になつかしかった。

夜寒の町

木枯らしが、足許の落ち葉をさっと遠くに運んでいった。

京の町は灰色の雲におおわれ、底冷えのする寒い冬を、間近に感じる季節になっていた。

「えんやほい、えんやほい――」

下《しも》のほうから高瀬船が、人足に綱を引かれ、高瀬川を北にむかい上《のぼ》ってくる。

三条から木屋町（樵木町《こりきまち》）筋を下ってきた平蔵は、足を止め、高瀬船の舳先《へさき》で棹《さお》をあやつる船頭の姿に、じっと目をこらした。

船頭が父親の仁助ではないかと思ったからである。

だが寒さをしのぐため手拭《てぬぐ》いで頰《ほお》かむりをした船頭は、父親ではなく、かれが仲よくする卯兵衛であった。

「おうい、そこに立っているのは、仁助とこの平蔵やないか」

棹をあやつりながら、平蔵に気づいた卯兵衛が、舳先から大きな声をかけてきた。すぐに気をきかせ、脛当《すねあ》てをつけた高瀬船の引き人足が、ちょっと綱をゆるめた。

高瀬川は、京の中央から南部に流れる人工の川。鴨川にそって約二里半、伏見にむかって流れ、ここで宇治川と合流して淀川にそそいでいる。

慶長十六（一六一一）年、角倉了以《すみのくらりょうい》が方広寺大仏再建の資材を運ぶために開削したもので、これによって、京と伏見の貨客輸送が容易になった。

この川筋には、船の荷物を上げ下ろしする〈船入り〉と呼ばれる船だまりの場所が、二条から五条までの間に九カ所あり、近くには米、酒、醤油《しょうゆ》、炭問屋などが軒をつらねていた。

古筆了延《りょうえん》の内弟子になるまで、平蔵はこんな炭問屋の一つで小僧奉公をしていたのだ。

当時、高瀬川を行き来していた船は百八十艘《そう》余り。運賃は二条から伏見までが十四匁八分、伏見から七条までが十三匁八分だった。

卯兵衛の乗った高瀬船は、醤油樽《だる》を積んでいた。

「はい、その平蔵でございます。卯兵衛のおじさんもお元気なごようす、なによりでございますなあ」

「こきゃあがれ、いっぱしの口をきいてからに。ここ数年のうちに、おまえも立派になったやんか。炭屋の小僧から、古筆家とやらのお屋敷に奉公替えして、どうじゃ。腰に脇差《わきざし》なんぞをさしおって。しっかりご奉公してんやろうなあ。おまえのお父《とっ》つぁんはいまごろ、客を乗せて伏見に着いたころや。昼すぎにはもどってきはるやろ。ところで今日はまたなんの用で、ここいらをうろついているんじゃ」

「月に一度の休みをいただきましたさかい、家に顔を見せにもどろうとしてますねん。夜にはお屋敷に帰らななりまへん」

古筆家では、新参古参にかかわりなく、月に一回の休みが門人たちにあたえられていた。

「そうか、仁助はんに伝えといたるわ」

卯兵衛は木屋町筋に立つ平蔵に、口に手をそえて叫んだ。

「お願いもうします」

「わかったるわい。まあおまえも達者で、ご主人さまにまことご奉公せいや。さあやっとくれ――」

卯兵衛の声にしたがい、また高瀬船の引き綱がぴんとはられた。

高瀬船は川をさかのぼるとき、船頭を船上におき、三人ほどの人足で船が引っぱられる。川沿いに幅のせまい引き道が作られており、また高瀬川にかかる小橋は、どれも道から高くに設けられていた。

船も人も、頭上に小橋を見上げ、橋の下をくぐっていくのであった。

『拾遺《しゅうい》都《みやこ》名所《めいしょ》図会《ずえ》』によれば、高瀬川の川幅はせまいが、川岸には小さな石段が設けられ、そこで女たちが洗濯物をすすいだり、野菜を洗ったりしている。

「卯兵衛はん、あれが仁助の父つぁんとこの息子どすかいな」

人足の一人が、綱を引っぱりながら、船上の卯兵衛に大声でたずねかけた。

「おお、あれが一時《いっとき》、高瀬川筋で評判になった仁助はんとこの平蔵や。炭屋の小僧から、いきなり徳川さまの又家来になり、鈍刀《なまくら》にしたところで、ああして腰に脇差をさしているよる。大変なこっちゃ。そやけど仁助の父つぁんは、いまなおよろこんでいいやら、悲しんでいいやら、さっぱりわからへんとこぼしてはるわいな」

「仁助はん、この一、二年、すっかり身体を弱らせてきはりましたさかいなあ」

かれらの大声は、船入りに船を入れ、上り船の通過を待っている下り船の客たちの耳にもとどいていた。

平蔵が炭問屋伊勢屋の小僧として奉公したのは、高瀬船の船頭をしている父親の縁、十歳の春であった。

かれの書画好きは六、七歳のころからで、その当時平蔵はまず、かな絵本に興味をもち、つぎには、よその家や店に書画がかけられているのを見ると、それをしげしげ眺めるようになった。

同年輩の遊び友だちだけではなく、近所の大人からも、妙な奴だといわれてきたのだ。

「わしは絵や書を見ると、なぜか知らんすぐ、どんな人がそれを書いたのやろと考えてしまうねん。最初、善し悪しはさっぱりわからなんだけど、ぎょうさん見ているうちに、なんとなくつかめてくるみたいや。目利《めきき》いうのは、きっとこないしてなるんやで。わしはしがない船頭の子やけど、書画を見てると気持が落ち着き、妙に元気が出てくるねん」

伊勢屋に奉公して六年、平蔵は同じ小僧仲間に、自分の奇癖を語っていた。

「外廻《そとまわ》りはわしにさせとくれやす」

平蔵は伊勢屋の番頭や手代《てだい》たちにいい、率先して炭俵の配達を志願していた。

大きな大八車を一人で引き、顧客の許に炭俵をとどけるのは、冬なら寒く夏には大汗をかく。苦労仕事だけに、誰もが行きたがらなかった。

自ずと外廻りは平蔵の分担になってきた。

かれはとどけ物を少しでも早くすませ、そのあとがらがらと大八車を引き、市中をまわった。そして機会があるたび、寺院をのぞいて書画をみたり、骨董《こっとう》屋の店先を眺めたりしていたのであった。

「番頭はん、平蔵の奴は人間としてまじめどすけど、あれはあんまりええ商人《あきんど》にはなられしまへんなあ」

伊勢屋の主《あるじ》の文左衛門は、顔をしかめ、番頭の源七にかれをこう評した。

「年をとってからの子供やいうのに、船頭の仁助はんも、妙な息子をもったもんどすなあ。人間がまじめだけではあきまへんか」

「そんなこと番頭はん、わかりきってますやろな。仁助にはかわいそうどすけど、親子とも一生、人がもうける荷物を運んで、ほんのちょっとのおこぼれにあずかり、おまんまを食うていくだけの暮らしになりますやろ」

だが炭問屋の主として、ぐち一つこぼさず、せっせと働いてくれる平蔵のような小僧は、貴重な奉公人であった。

御用ききや配達などの外廻りに出かけ、そのあと寄り道してくるぐらい、かれの精を出した働きぶりを見ているかぎり、叱《しか》りようもなかった。

しかし、ある日その平蔵が、肩を落とし小さくなっている父親の仁助と、裃《かみしも》姿の人物をともない、店にもどってきたのには驚いた。

「わたくしが店の主の文左衛門でございますけど、どなたさまでございまっしゃろ」

番頭の源七から知らされ、奥から帳場に現れたかれは、訪問者の腰におびた脇差に目をやり、あわてて板間に平伏した。

最初、胸裏にひらめいたのは、平蔵がなにかとんでもないへまをやらかしたとの恐れであった。

父親をしたがえているだけに、平蔵のへまは相当のものにちがいあるまい。中程度の店を構えているが、もともと小心者の文左衛門は、すぐに顔を上げられなかった。

「わたしは幕府寺社奉行御支配、古筆見《こひつみ》をいたす古筆家の門人で、井狩源右衛門ともうす者じゃ。今日は主の古筆了延さまの名代としてまかりこした。ご当家に奉公いたしているこれなる平蔵の身について、是非ともご相談もうし上げたき儀があり、かように参上いたした次第でござる」

古筆家門人頭の井狩源右衛門は、おずおず顔を上げた伊勢屋の文左衛門に、重々しい口調で伝えた。

源右衛門はさっそく奥の客間に通された。

平蔵と父親の仁助は、内庭の沓《くつ》ぬぎ石のそばに、堅い物腰でひかえる。

縁先につるした風鈴が、かすかに鳴っていた。

相手は幕臣ともいえる古筆了延の名代。伊勢屋文左衛門は下座で手をつき、かれの来意をおそるおそるたずねた。

「主どの、先ほどももうした通り、平蔵についてちと相談がござる。率直にもうせば、当家から平蔵を、古筆家へ奉公替えをさせていただきたいのじゃ。この願い、ききとどけてもらえまいか」

「あの平蔵を、古筆家へご奉公にさし出せと仰せられるのでございますか——」

文左衛門は、井狩源右衛門から思いがけないもうし入れを受け、庭で顔をふせている平蔵にちらっと目を這《は》わせ、かれに問い返した。

「いかにも。実は三日前、主の了延さまとともに、黒谷の真如堂で平蔵と会うたのよ。虫干しされている書画を、しみじみ眺めている平蔵にたずねかけたところ、若輩で炭問屋の奉公人ながら、書画を見るのが好きだともうす。その思いも中途半端ではなく、わが古筆家の門人としてうってつけ。当人もかなえられるなら、さようにいたしたいともうしておる。親父どのはすぐにはご承知されなんだが、年季奉公に出したわけではなし、奉公先の主どのがお許しくだされればとの返答を、やっといただいた。そこでわしが、主了延さまの名代として、ご当家へお願いにまいった次第じゃ」

源右衛門は、真如堂で平蔵と出会ってからの経過を要約して語り、文左衛門の顔色をうかがった。

「さようでございましたか。ところで古筆家の門人ともうされましたが、それは言葉の文《あや》、まことは下働きでございましょうな」

「いや、そうではない。正真正銘の門人、古筆了延さまのお弟子として、奉公にきてもらうつもりじゃ。平蔵は将来、立派な古筆見となるだけの資質を、十分にそなえておる。門人で給金はしばらくとらせられぬゆえ、親父どのは難色をしめされていた。だがとどのつまり、わが子の出世のためならばと、腹を決めてくだされた。主どのもそこをご配慮いただき、まげて平蔵を古筆家へさし出していただけまいか」

「平蔵が古筆家の正式な門人に。これは驚きました。しがない小僧の身で、書画が好きではと、実は前途を案じておりましたが、いやはや、妙なご縁で古筆家さまのお引き立てにあずかれるとは、願ってもないことでございます。父親の仁助が承知とあれば、わたくしどもに異論はございまへん。平蔵の奴の先を見こみ、ようお声をかけてくださりました」

伊勢屋文左衛門は、目をみはったまま、平蔵の奉公替えにうなずいた。

「伊勢屋の旦那《だんな》さま、勝手をいうてからに、ほんまにすまんことでございます。何卒《なにとぞ》、許しとくれやす」

平蔵の胸の奥には、いまでも父親の仁助が、沓ぬぎ石の端に手をつき、文左衛門に頭を下げて詫《わ》びた声や、その場の光景が、はっきりきざみつけられている。

老いた病弱な両親と姉のおきぬ。仁助は平蔵が奉公に上がるころから、長年の無理がたたり、急激に足腰を弱らせ、平蔵が伊勢屋からいただく年三分の給金を当てにする生活だった。

近頃《ちかごろ》では船に乗る回数をへらし、収入はぐっと落ちていた。

平蔵が小僧から手代見習になれば、伊勢屋での給金も上がってくる。

やがてはそれを頼みにして、高瀬船の船頭をやめることも考えていた矢先だっただけに、当分、給金をいただけない古筆家での門人奉公は、一家には死活につながる問題だったのだ。

「うちとおきぬが、仕立物に精を出して頑張りますさかい、お父はん、どうぞ平蔵を古筆家さまへやっとくれやす。平蔵は小さなときから妙な子どした。けどうちらが知らんかっただけで、広い世間には、平蔵の生きる道があったんどすわ。それに感謝せないけまへん。夫婦とおきぬ、三人がたとえ飢えて死んでも、平蔵さえその道で立派に世に出てくれたら、うちらに悔いはないと、いまもおきぬと話し合うていたところどす」

五条大橋のたもと、問屋町の路地長屋に平蔵はすでに立ち寄り、顔に苦渋をうかべ、母親に相談をかけていた。その母親のお貞が、腕組みをしてきく仁助を、説得してくれたという。

「お父はん、平蔵が徳川さまの御用を果たしておいでになるお家のご当主さまに目を止められ、門人奉公にきいへんかと、お誘いを受けたのどす。銭金でかなえられるお招きではありまへん。当座、給金はいただけしまへんけど、身分は士分、あの子のために、なんとか諾《うん》というてくんなはれ」

　姉のおきぬは十八歳。彼女は母親と語調を合わせ、仁助に強くうったえた。

「江戸の将軍さまが、なんぼのもんや。ここは京。京には当今《とうぎん》さまがおいでになるわい。人間、霞《かすみ》を食うて生きていかれへん。貧乏人の子供はそれらしく、自分の分《ぶん》にそって暮らしていかなならんのや。おまえら、二人ともなにを考えてるんじゃい」

「お父はんは、人にはそれぞれ分があると、いつもいわはります。けど平蔵は、自分の分を十分にわきまえ、伊勢屋でしっかり奉公してたさかい、神さまからつぎの分をあたえられたんとちがいますか。人間の分とはそれをいいますのえ」

　おきぬの言葉が、仁助の迷いをふっきらせた。

　本当をいえば、仁助もわが子の平蔵が、京の名門、古筆家の当主から見こまれたことに誇らしさをおぼえていたのである。

いくら京には、当今さまがおいでになると力《りき》んでいても、所詮《しょせん》、自分たち貧乏人にはなんの関わりもなく、世の中は徳川幕府の天下。平蔵がその徳川家の又家来、古筆家の門人として、士分のあつかいを受けることに、かれは父親として息がつまるほどの衝撃を受けていた。

「おまえらがそれほどにいうのやったら、まあしょうがないとするかいな。わしも弱音をはかんと、もうひと気張りすればええのやさかい」

仁助は胸を熱くし、お貞とおきぬにつぶやいた。

「あんた、おおきに。ようい うとくれやした。平蔵もきっとよろこびまっしゃろ。あの子があの子らしい生きかたができるのどしたら、うちはどんな苦労をしたかてかましまへん。あの子は自分が周囲の人間とちがうことを、内心ではずっと気がねしてきたはずどす。うちはうれしおす」

お貞は仁助の承諾を得て、涙ぐんだ。

「あほ、平蔵はおまえだけの子やないわい。親らしいことはなに一つようしてやれなんだけど、わしもあれの親やがな。お前が泣いてどないするねん」

言葉の勢いとはうらはらに、仁助も洟《はな》をすすり上げた。

二人のやり取りを黙ってきいていたおきぬが、すぐ足を急がせ、両親の許しが得られたと平蔵に伝えたのだった。

「お姉《ねえ》、おおきに。わし、一生懸命に門人奉公をして、きっとみんなの期待にこたえるさかい」

伊勢屋の空き地で、炭の粉をねりたどんを作っていた平蔵は、腰かけから立ち上がり、おきぬに顔をほころばせた。

そしてつぎに手順がきめられ、井狩源右衛門が伊勢屋文左衛門に、かれの奉公替えの依頼にきたのである。

高瀬川に沿う木屋町筋を、南に下っていく平蔵の胸に、すでに三年も前になるできごとが、断片的によみがえっていた。

木屋町筋は、高瀬川の開削につれ東岸に開かれた通り。町筋ができた当初は、樵木町といわれていたが、宝暦《ほうれき》十二（一七六二）年に刊行された『京町鑑《きようまちかがみ》』が、ここを「木屋町通」と記したあと、この呼称が一般的になってきた。

木屋町筋を五条までやってきた平蔵は、五条大橋を東にわたり、右に一筋目の問屋町通りに入った。

しばらく進み、京では珍しい長屋の木戸門を見上げた。

「おまえ、平蔵やないか――」

張り板に布を干していた姉のおきぬが、かれの姿に気づき、はなやいだ声をかけた。

「姉上さま――」

平蔵の顔もほころび、声がはずんだ。

「平蔵、ここにきたら、昔のままのお姉《ねえ》でええのや。姉上さまなんぞと呼ばれると、うち、なんや身体がむずがゆうなってくるがな」

「そんならお姉、今日はお屋形さまが急に一日の休みをくれはったさかい、いそいでもどってきたんや。お母はんも元気でいてはるやろうなあ」

「その口調のほうがええわ。それやったらやっぱり平蔵やと安心できる。それにしても平蔵、おまえ見るたび立派になってきたるやないか――」

おきぬは自分の前に立つ平蔵を、まじまじと眺め上げた。

下は木綿の筒袴《つつばかま》だが、上は小さな観世水《かんぜみず》もようの小袖《こそで》を着ていたからだ。

黒塗りの脇差が目にまぶしかった。

「そんなん、どうでもええがな。人間は身形《みなり》やのうて心やと、お姉はいつもいうてたやろな」

「それはそうや。それでおまえ、身形に敗けんように、古筆さまのところでしっかりつかえ、学問に精出してるんか」

「そんなこと、お姉にいわれるまでもないわい。自分の好きな道やさかい、一生懸命に奉公させてもろうてます」

姉弟のにぎやかな声をききつけ、長屋の女たちが、がやがやと表に姿をのぞかせた。どの顔も平蔵の凛々《りり》しい姿を見て、目をかがやかせた。

「お父はんやお母はん、またお姉がなにかとお世話になり、ありがとうございます」

平蔵は彼女たちにかるく頭を下げた。

そうしながら、かれは誰かの姿をひそかに探しているようすだった。

長屋はどぶ板をはさみ南北にむき合って十軒。どの家の主も、賃働きに出かけているか、それとも町かせぎ（行商）に行っていた。

「平蔵はん、見るたび立派にならはって——」

清水《きよみず》やきの窯元《かまもと》で、轆轤《ろくろ》ひきをしている佐兵衛の女房のお秋が、おきぬと同じことをいい、平蔵に笑いかけた。

「おかげさまで、この子もいつの間にやら、こんなに大きゅうならせてもらいまして。来春には、総髪《そうはつ》にしていただけるんやそうどす」

おきぬは少し眉《まゆ》を寄せている平蔵に、ちらっと目をやり、長屋の女たちに説明した。

かれはいま髪を後ろで一つにたばねている。

総髪は、古筆家での元服であった。

「平蔵はんが総髪にしたら、今度はおきぬはんが、どこかへ嫁にいかなあかんなぁ。もう二十をすぎたるんやさかい」

誰かに声をかけられ、おきぬの顔がわずかにくもる。冬の陽が翳《かげ》り、木枯らしが長屋の路地を吹きぬけていった。

冷えの工合や空もようから、今夜あたり霙《みぞれ》か雪にでもなりそうだった。

「そしたら平蔵、みなさんに失礼して、家に入ろか。お母はんが待ってはるさかい――」

丁度、洗い張りをすませたおきぬが、盥《たらい》をかかえ上げ、平蔵をうながした。

かれの目は、まだ誰かを探していた。

「お姉――」

「おまえがうちにたずねたいのは、お美和はんのことやろ。お美和はんは下のお松ちゃんが大きゅうならはったさかい、半月ほど前、三条木屋町の旅籠《はたご》屋枡富《ますとみ》へ、女中奉公に行かされはったんや」

おきぬは平蔵の気持をすべて察しているのか、先走って伝えた。

いつもならお美和は、自分の声をきき付けると、長屋の家からまっ先に飛び出してくる。

お美和は平蔵より一つ年下、幼馴染《おさななじみ》だった。

父親の佐吉は、二条車屋町の薬問屋から膏薬《こうやく》を仕入れ、それを町で売り歩いていた。

彼女の兄妹は五人、末娘のおけいはまだ六つ。口べらしのための奉公だろう。

「三条木屋町の枡富へ女中奉公に――」

自分はいま三条木屋町を通り、問屋町の長屋にもどってきた。

なにも知らずにきたが、自分が高瀬船の卯兵衛と声をかけ合っていたとき、彼女はすぐ近くの「枡富」の客部屋か台所で、働いていたことになる。

かれは迂闊《うかつ》な自分に、腹が立ってきた。

「平蔵、おまえが子供のころからお美和はんを好いてたのは、お姉も知ってる。お美和はんは奉公に出かけるとき、平蔵はんによろしゅう伝えておいておくれやすと、うちに丁寧に挨拶《あいさつ》していかはったえ。けど遠い他国へ奉公にやられたわけやなし、会おうと思えばいつでも会えるのやさかい、そないにきつい顔をせんでもええのとちがうか」

おきぬにいわれ、平蔵は顔を赤らめた。

胸の中で、自分は大人になったらお美和と夫婦になろうと決めてきた。

彼女もそれくらい察していてくれるはずであった。

――平蔵はんによろしゅう伝えておいておくれやす。

彼女の淋《さび》しげな声が、耳の奥でかすかにひびいた。

その短い言葉の中に、お美和のすべての気持がこめられている。

――誰にかて、自由に息のできる場所がきっとあります。

いつかお美和がつぶやいていた言葉が、忘れられなかった。

「お母はん、平蔵がお休みをいただいてもどってきましたえ。眠ってはりますのか――」

土間に入ると、煎《せん》じ薬の匂《にお》いがぷんと鼻についた。

母親のお貞は、今年の春ごろから身体を病み、寝ついていたのだ。

平蔵は急いで草履をぬぎ部屋に上がった。

そしてすぐ、母親のふせる奥の居間に姿をのぞかせた。

お貞が布団から半身を起こし、ねまきの襟をかき合わせていた。

「お母はん、急に暇をいただけましたさかい、もどってまいりました。お身体の工合、どないどすねん。寝てたほうがええのとちがいますか――」

気づかわしげな表情で、平蔵はたずねた。

「うちの病気はなぁ、寝てたからといい、すぐにようならへんねん。鞘町《さやまち》の道安先生が、日薬やというてはったさかい、まあこんなもんやろ」

「そやけど――」

「そやけどやあらへん。折角、おまえが帰ってきたんやさかい、なにか旨《うま》い物をおきぬとこさえたるわいな。これおきぬ――」

お貞は台所へ盥《たらい》をもどしにいったおきぬに呼びかけた。

お母はんなんどすと、彼女が顔を見せた。

「高瀬川の船入りにちょっと行き、お父はんに早うもどるように連絡しておいてもらいなはれ」

「お母はん、お父はんのことどしたら、家にくる途中、木屋町の川筋で卯兵衛はんの船に出会い、いまから家に帰るところやというてきました。卯兵衛はんが伝えておいてくれはりますやろ」

「おお、そうかいな。おまえは小さなときから、段取りのええ子やったさかいなあ」

彼女はそこでおきぬに、魚屋へ買い物に行ってきとくれとうながした。

父親の仁助は、昼をだいぶまわったころ、急ぎ足で現れた。

「卯兵衛はんから、おまえが休みをいただき家にもどっているときいたさかい、伏見まで船をひと往復させただけで、帰ってきたわいな。そやけどそれでも、なんや年のせいか疲れるわ」

かれは娘のおきぬがととのえた盥で足をすすぎ、部屋に上がってきた。

冬の陽はすでに西に傾きかけ、早くも家の中には、夕暮れの気配がただよっていた。

「どうせ夜には、新在家のお屋敷に帰らなあかんのやろし、今日はみんなで早うに夕御飯を食べよか。おきぬが魚鍋《なべ》の仕度をしてくれてるそうやわ」

再び布団に横たわったお貞のかたわらで、仁助はあぐらをかいて坐り、煙草盆を引き寄せた。

「お父はん、これ受け取っておいてくんなはれ」

平蔵は懐から紙つつみを取り出した。

なかには二朱金が二つつつまれていた。

「もったいない、またかいな。いつもこんなにしていただいてええのやろか」

たびたびのことで、古筆家の女主以世《いせ》からの気づかいだとわかっていた。

平蔵は長屋の家で、久しぶりにみんなと魚鍋をつついた。

そのあと屋敷にもどるのに、かれが宮川町筋をたどり、鴨川の東を上《かみ》にむかったのは、すっかり夜になってからであった。

途中、松原を右に折れ、建仁寺通りに入る。

右手に建仁寺の伽藍《がらん》が高くそびえていた。

このまま四条通りまで行き、そこから鴨川の流れ橋（四条橋）をわたって木屋町を上にむかい、旅籠屋の枡富の前を通るつもりだった。

いまの時刻、旅籠はどこでも、客の夕食や風呂《ふろ》の案内で大忙しのはずだ。枡富の表に立っていても、お美和に会えないのはわかりきっていた。

それでも平蔵は、枡富の前を通ってみたかった。

かれは急ぎ足で建仁寺通りを上にすすんだ。

前方に四条通りの店屋の軒提灯《ちょうちん》が、ちらほら見えている。

四条通りから北は、俗に縄手（堤）通りといわれている。水茶屋や居酒屋が軒をならべ、遊女がましい女をおいている店も少なくなかった。

遠くから三味線の音と、女の笑い声がひびいてきた。

旅籠屋で女中奉公をはじめたばかりのお美和が、酒癖の悪いいやな客にからまれているのではないか。好きな女子《おなご》を気づかう男の不安が、ふと平蔵の胸をかすめた。

彼女と世帯をもつためには、一日も早く立派な古筆見《こひつみ》となり、了延の信頼を得ることだ。前途は遼遠《りょうえん》だが、希望がもてないわけではなかった。

炭問屋の奉公人から、徳川家につかえる古筆家の門人。驚くほどの変わりぶりをとげたが、いまはまだ実質がともなっていない。しかし自分の行く手には、大きく明るい世界が開けている。

努力次第では、お美和をどんな幸せにでもしてやることができる。両親はいうまでもなく、おそまきながら、姉のおきぬをどこかへ嫁がせるのも無理ではなかろう。

門人奉公も五年をすぎると、年に二両の給金があたえられ、七年では三両だときかされていた。

あと一年半辛抱すれば、なんとかなる。

夜道をたどる平蔵の足は、幾分、軽かった。

そのかれが四条を左に折れたとき、右手の前方で、女の嬌声《きょうせい》がにぎやかにわいた。

一人の男が、一見して茶立（屋）女とわかる数人の女子をつれ、酔った足取りでやってきたのである。

女たちの衣装は夜目にもあでやかで、並みの茶立女でないとわかった。

「うつさま、今夜はお屋敷には帰さしまへんえ」

若い女が男の首に白い腕をまきつけ、甘い声でささやいた。

うつさま、平蔵ははっとして目をこらした。

男は竹田空穂助《うつぼのすけ》であった。

——あの空穂助さまが、こんなところで。

紅灯《こうとう》での遊びは知らないが、かれが祇園界隈《ぎおんかいわい》で相当遊びにふけっているようすが、十九歳の平蔵にもはっきり感じられた。

空穂助は安徳寺坊官の息子、懐はゆたかだろうが、とにかく祇園界隈での遊びには金がかかる。馴染が深くなり、遊びが夜毎《よごと》になれば、数十両どころか、数百両の金でもすぐ使いはたしてしまう。

京には祇園だけではなく、島原を筆頭に、北野、八坂、清水などの遊興地がひしめいている。ここらで軒をつらねている茶屋は、「色茶屋」とも呼ばれ、ほとんどが遊女がましい女をおいていた。

さまざまな階層の人を客として集め、夜も昼もないほどの繁盛ぶりだった。

江戸初期、島原遊廓《ゆうかく》は、貴紳《きしん》や文人たちが遊ぶ高級な文化サロンでもあったが、時代が下がるにつれ、その伝統は失われ、猥雑《わいざつ》だけの場所となってきた。

それに代わり、祇園、同新地、縄手筋、五条坂、北野、二条新地など新興の遊興地が、嫖客《ひょうかく》の人気を集めてきた。

こうした紅灯で働く茶立女のなかには、金をもつ男にすがり、この苦界からぬけ出そうと、必死にもくろんでいる者もいる。だがそれでいながら、心ならずも安易な悦楽にふけってしまい、ついには奈落《ならく》の底に墜《お》ちていく女も多かった。

平蔵が見たところ、空穂助を取りかこんでいる茶立女たちは、いずれも衣装や化粧がけばけばしく、人目をはばからないところなどから、後者だと思われた。

「うつさま、見てみなはれ。寒いと思うてましたら、雪がちらついてきましたえ。この調子どしたら、いまに本降りになりますやろ。今夜はみんなでお火燵《こた》であったまり、雪見酒にしまひょうな」

「うむ、雪見酒か。鶴《つる》さと、それも悪くないなぁ。火燵であたたまってとは、また格別じゃ」

かれは空《うつ》けたようすでうなずいた。

日ごろ、古筆家の屋敷内《うち》や平蔵に見せている姿とは、全く別人のかれであった。

「うつさまが、雪見酒をふるもうてくれはるんやって――」

若い女が同伴する女たちに、はなやいだ声で伝えた。

「わあ、うれし。雪見しながら酒を飲み、みんなで楽しいことしまひょうな」

「楽しいことってなんえ」

「お姐《ねえ》さん、あほなこというてたら、うつさまが白《しら》けはりますがな。楽しいことは、楽しいことでよろしゅうおまっしゃろ」

「それやったら、祇園の店ではのうて、東山・円山《まるやま》の徳阿弥《とくあみ》なんかがええかもしれんなあ。あそこの店なら、京の雪景色が一望にできるさかい。料理も気のきいた品を出しよる」

空穂助が女たちに提案した。

女たちの歓声が、雪の夜空にまたわあっとはじけた。

雪は次第に本降りになってきた。

いつの間にか、北風はぱたっとやんでいた。

東山・円山の料理屋「徳阿弥」は、京では高級の部類にくわえられる店であった。

江戸時代の有名な戯作《げさく》者滝沢馬琴《たきざわばきん》は、『羇旅漫録《きりよまんろく》』の中で、「丸（円）山の料理茶屋のあるじは、法師にて、肉食妻帯なり。いづれも何阿弥と称す。座敷・庭、奇麗《きれい》なり、料理もよし」と記している。

円山から高台寺にかけて、徳阿弥のほか、文阿弥、佐阿弥などの屋号をもつ料理屋が構えられていた。

これら阿弥を名のる店は、いずれも中世の時宗《じしゆう》寺院が、そのまま料理茶屋や遊興施設に変わったもので、現在でもその名残をとどめた料理屋が、営業をつづけている。

「うつさま、御髪《おぐし》がぬれますさかい、これをかぶっておくれやす」

空穂助から鶴さとと呼ばれた若い女が、自分の身につけていた花もようの肩かけを、両手でふんわりとかれの頭にかけた。

「鶴さと、おおきに。そやけど、おまえのきれいに結うた髪がぬれてしまうがな。そや、いっしょにかぶり、道行きとしよか」

かれの言葉で、取りまきの女たちが、またもやわあっと二人をはやし立てた。

最初、平蔵は自分でも気づかずにいたが、かれは思わず、空穂助の一行のあとをひっそりつけていた。

かれらがどこにくりこむのか、話の内容からわかっていた。だがそれでも、意外な場面に出会い、平蔵の足は止まらなかった。

一見して祇園の茶立女とわかる女性たち。くわえて徳阿弥にくりこみ、雪見酒のおおばんぶるまい。夜を徹してのものとなれば、店の払いは数両にもなり、女たちへのそれと合わせれば、一夜で十両前後が散財されるに決まっていた。

いくら空穂助の親許が、門跡寺院として名高い安徳寺の坊官でも、とても親から許される散財ではない。家柄を誇るだけに、遊蕩《ゆうとう》はかえって堅くいましめられているにちがいなかった。

——あの調子やったら、空穂助さまの夜遊びは、毎度のことだと思われる。空穂助さまは、いったいどこからそんな大枚の金を、ひねり出されておられるのじゃ。まさか安徳寺のお屋敷から、無断でもち出されているわけでもなかろう。

平蔵は自分が人のあとをこっそりつけてきた卑しさも忘れ、呆然《ぼうぜん》とした顔で、祇園社の西楼門の前に立ちつくした。

そして円山の料理屋、徳阿弥のほうに消えていく一行を、見送りつづけていた。

雪が霏々《ひひ》と降りしきり、この分なら今夜は相当積もりそうであった。

卯月の髪

「平蔵、まあさように堅くなるまい」

座布団に正座したかれに、剃刀《かみそり》を右手にもった菅沼弥十郎が、後ろから笑いをふくんだ声をかけた。緊張を柔らげさせるためだった。

「はい、そのつもりでおりまする」

「なにがそのつもりだ。肩がふるえているぞよ。武士の子なら元服だが、その実は髪の先をわずかに切って、そのあと総髪に結いなおすまでのことじゃ」

かれは、本座敷の大床《おおどこ》を背にして坐る古筆了延《こひつりようえん》と妻の以世《いせ》、了延嫡男の市太郎らに、ちらっと笑いを投げかけ、平蔵の気持を解《と》きほぐした。

門人頭の井狩源右衛門は、当主たちのわきにひかえている。

本座敷の大床に、鎌倉時代の禅僧、夢窓国師の墨跡がかかっていた。

これは古筆家の秘蔵品。のびやかな筆致で「而生其心」と書かれた横物の大幅は、今日の日のため、特別に飾られたものであった。

この語は、『金剛般若経』の「応無所住而生其心《おうむしょじゅうじしょうごしん》」の一節。禅門では、六祖大師因縁の句として親しまれている。応《まさ》に住する所無うして、其の心を生ずべしと読み、一念不生にして無心の行いを説いたものだという。

平蔵と弥十郎の後ろに、同門たちが着座し、二人を静かに見守っていた。

そのなかに竹田空穂助《うつぼのすけ》の姿もみられた。

かれは幾分、苦々しげな顔つきを見せていた。

「お屋形さま、平蔵の剃刀親は、竹田空穂助ではなく、菅沼弥十郎におもうしつけになられませ。わたくしが後見人をつとめさせていただきまする」

「空穂助は平蔵の剃刀親にふさわしくないともうすのじゃな」

「いかにも、もし断られでもいたしますれば、平蔵が傷つきまする。菅沼弥十郎に、お屋形さまのご名代として剃刀親をお命じになれば、藩家へのきこえもようございましょう」

こうして平蔵の髪上げが決まったのである。

古筆家では門人衆の髪上げは、古参の門人の誰かが、了延の名代としてその役目をはたしていた。

平蔵の前に白木の三方《さんぼう》がおかれ、その上には誓紙がのせられていた。

誓紙は、初代古筆了佐の時代からのもので、文面は簡単。「歴々証明状有之候《これありそうら》へ共《ども》、さらに真偽を正して、分別の儀精進つかまつる事を、ここに誓ふものなり」と書かれていた。

髪上げをすませたあと、当人がこれを読み上げ、最後に自分の名前を読みくわえる。どんなに有名な目利《めきき》の極状《きわめじょう》があっても、なお鑑定には厳密に当たるというものだった。

これは、了佐が墨跡鑑定にすぐれていた徳川家康の側近、本光国師金地院崇伝《こんちいんすうでん》に乞《こ》い、門人養成のため、特に書いてもらった誓紙だという。

崇伝には、『本光国師日記』四十七冊があり、なかに墨跡鑑定のかずかずの話が記されている。

この『本光国師日記』から、二つほどその鑑定のきびしさを紹介してみる。

かれは寛永《かんえい》二（一六二五）年六月、京の町人から見せられた無準《むじゅん》の墨跡について、「柔長老（の）添状有といへとも似物《にせもの》也」と記し、同四年十二月、日向半兵衛からの大覚禅師のそれには、「大徳寺衆正筆之添状有、併《しかし》偽筆ト申遣《もうしつかわ》ス」としたためている。

「平蔵、それではまいるぞ――」

弥十郎はかれに声をかけ、たばねた髪に手をそえ、まず髪の結び目を剃刀で切った。そしてひとつかみ、髪先にちょっと刃物を入れた。

同時に源右衛門の合図にしたがい、古筆家に出入りする髪結いが、門人たちの後ろから髪結い箱をもってするすると平蔵に近づき、髪をととのえはじめた。

見るみるうちに、平蔵の頭が総髪に結い上げられていく。裏庭のほうで、老鶯《ろうおう》がさえずっていた。

平蔵は目をつぶり、髪結いの手に身をまかせ、わずかな間だが、さまざまな物思いにふけった。

今年の夏には、古筆家にきて四年になる。

父親の仁助が増水した高瀬川に落ち、足腰をひどく痛めたのは、去年の末だった。

「一日中、船に乗るのはとても無理。お客はんや積み荷に粗相《そそう》がありましたら、会所が迷惑するさかいなあ」

仁助は高瀬船を支配する角倉会所の手代《てだい》から、船頭としてのお役ご免をいいわたされた。だが生活の困窮をうったえ、船頭の助《たすけ》として、一日一往復だけのつとめを、やっと許されていた。

しかしこれだけの働きでは、一人食べるのがせいぜい。そのため姉のおきぬは、夜おそくまで縫い仕事にはげんでいた。

「わしが給金もいただけへん門人奉公をしているさかい、お姉《ねえ》にだけ苦労をかけてすまんこっちゃ。いっそ古筆家から暇をいただき、改めてどこぞへ奉公にでも行ったらあかんか」

今年に入ってから、平蔵は思いあまったすえ、おきぬに相談をかけた。

年二両の給金をもらえるまで、あと一年半の辛抱だが、それまでとても耐えられそうになかったからである。

「平蔵、おまえなにをいうてんの。おまえの門人奉公が、すぐお金にならんことぐらい、お父はんやお母はんだけではなく、うちかて初めから承知していました。あと一年半でお給金がいただけるというのに、とんでもない気弱をいわんときなはれ。お屋形さまにかくれ、そっとお金をめぐんでくれてはる御督様《おかみさん》のお気持にも、そむくことになりますのえ。貧乏人の子供が世に出るのや。家の者が辛抱するのは、あたりまえのこっちゃ。そうやないか——」

おきぬはきびしい顔でかれをたしなめた。

一般庶民、しかも高瀬川の船頭の子供が古筆家に門人としてつかえ、徳川幕府の又家来となっている。

普通なら誰からも祝福される出世だが、実際は人から妬《ねた》まれ、貧乏人の子供がと嘲《あざけ》られるほうが多かった。

「仁助はん、わしこんなこといいとうないけど、いくら平蔵はんに古筆見《こひつみ》の才があったかて、世の中は一引《いちひ》き、二金《にかね》、三素性いうわいな。古筆家の了延さまが、どんだけ平蔵はんに目をかけてくれはっても、死なれたらおしまいや。そのほかには、どこからの引きもない。金もなく、素性は貧乏人となれば、修業にはげんだかて、将来、世間は平蔵はんを、まともに古筆見として認めてくれへんのとちがうか。わしは仁助はんといっしょで、無学な船頭、むつかしいことはようわからんけど、なんやそんな気がしてかなわんねん。鳶《とび》が鷹《たか》を生んだようなもんで、一旦《いったん》はみんなよろこんだ。そして家の者が平蔵はんの出世のため苦労して、報われるんやったらそれもええ。けどわし、あんまり当てにならんように思うわ。仁助はん、これは告げ口になってしまうけど、三条木屋町の旅籠《はたご》屋枡富《ますとみ》のそばで、下女奉公をしているらしい女子《おなご》はんと、平蔵はんがつらそうな顔で話をしているのを、わし何遍も見てるねん。互いに好き合うてるようすやけど、このままやったら、いずれどうにもならんようになるのとちがうか。来年、平蔵はんは二十やったなあ。ここらあたりで、古筆家さまでの奉公に見切りをつけ、もとの炭屋に帰り新参させてもろたほうが、ええのやないやろか」

仁助の見舞いに訪れた船頭の卯兵衛が、わびしい家のなかを眺めわたし、急に老けこんできた仁助に意見したという。

枡富の下女とは、同じ長屋のお美和だとすぐにわかった。

卯兵衛は、自分に茶を出したまま、部屋のすみでせっせと仕立物をしているおきぬにも、気づかわしげな目を投げかけた。

「卯兵衛はん、あれこれ心配してくれはっておおきに。鳶が鷹を生んだようなもんやといわはったけど、ほんまにその通りや。ほかの鷹やったらまた別かもしれへんが、どうして平蔵みたいな奴が、わしのところに生まれたのか、このわしにもわからへんわいな。あれがまだ炭問屋へ奉公にいく前、この長屋にご浪人さまが住んではった。いまになって思えば、書画がお好きやったそのご浪人さまに、平蔵はかわいがられてたさかい、そんなせいで書画に興味をもつようになったのかもしれへん。これからのことについては、あいつとも一度、じっくり相談してみるわ。気にかけてくれはっておおきに」

平蔵は卯兵衛の心配を、父親の口からすでにきいていた。

髪結いが丁寧に櫛《くし》を入れてくれている。

かれは手長の櫛をもち、横から眺め、斜めからも、ためつすがめつ平蔵の頭を確かめた。

「平蔵、よい男ぶりじゃ。その総髪、なかなか似合うぞ。役者にでもしたいくらいじゃ」

菅沼弥十郎の言葉をきき、後ろに居並んでいた門人たちのなかから、くすくすと笑い声がもれた。

こうした声の中で、竹田空穂助だけは、表情を少しもゆるめない。この貧乏人の小《こ》倅《せがれ》がと、胸であなどりと憎しみをわかしていた。

古筆家に入門してきた当初から、かれは平蔵をなにかと軽んじてきた。ところが平蔵はほかの門人衆をぬき、めきめきと頭角を現し、さらには衆人の前で、自分の誤りを指摘するまでになった。

ことあるごとに、意地悪く扱ってきたが、かれは表むき唯々としたがい、さからわない。去年の夏など、若い門人が交代で行う薪割りを、手鑑《てかがみ》披露のおりわざといいつけ、のけ者にしてやった。だが運悪く露見し、了延から不心得者ときびしく咎《とが》められた。

町方の奉公人だった男と、門跡寺院の坊官の家に生まれた自分が、いっしょにされてはかなわない。いまでも空穂助は、よこしまな気持を抱いて平蔵に接しているだけに、かれの髪上げは不快だった。

弥十郎の態度など、笑止のさたとしか思えなかった。

平蔵の父親は足腰を痛め、家は暮らしに窮していると、同門の大森宗継から耳にしていた。家にいる姉が仕立て仕事をして、生活を支えているそうだ。

ここ半年近く、いまにその暮らしに破綻《はたん》がくるはずだと、かれのようすをうかがってきたが、不思議に平蔵は平気な顔をしている。

どうしてなのか、なぜだろう。まさかかれが自分と同じように、ひそかに悪事をしているとは考えられなかった。

世の中を楽しくすごすには、とにかく多くの金がかかる。

空穂助は年三両の給金を、了延からあたえられている。だがその三両も、祇園や八坂の色茶屋で女たちにかこまれて酒を飲み、色事にふけっているかれには、端金《はしたがね》にすぎない。もちろん親許には、それなりな権勢や資産はあるものの、紅灯《こうとう》の巷《ちまた》で散財する金など、出してくれるはずがなかった。

「父上どの、思いがけぬ出費が重なり、少々、金に窮しておりますれば、いくらか用立てていただけませぬか——」

最初のころは父や母になにかと理由をつけ、せびり取っていたが、やがて自分の遊蕩《ゆうとう》が知られ、きびしく叱《しか》られたうえ、いまでは愛想づかしをされている。

その結果、空穂助は、露見すれば古筆家の大事にもなる行為にこっそり手を染め、遊びの金をひねり出していたのであった。

それを行えば、何十両、ときには何百両を、一度にかせぐことができた。

「ふん、世の中はうまくできている。わしには、できすぎているというてもよいくらいじゃ。こうしてかせいだ金、有意義に使わねばなるまい。世の中は、女子《おなご》と酒があってこそ楽しくなる。わしも結構な家の門人に、はからずもなったものよ。金にくわえて世間の信用と身分、毎日が面白くすごせるわい」

空穂助に何十両何百両と一度にかせがせる仕事は、年に数回、古筆家へ依頼のかたちでやってきた。

立てつづけのときも、半年に一度の場合もあった。

依頼には、門人頭の井狩源右衛門が中心になって指図し、だいたいは空穂助や菅沼弥十郎ら古参者が、数人の門人をしたがえて出むいた。

家格を誇る相手のときは、古筆了延が源右衛門をともない、直々《じきじき》におもむいたが、こんな依頼は数が少なかった。

「いくら礼金をはずむとはいえ、幕府寺社奉行さまの許におかれている古筆家のご当主さまに、わざわざおいで願えしまへん。金にあかしてそんな横着をして、もしそれが所司代さまや町奉行さまのお耳にとどけば、どんなお咎《とが》めを受けるかしれまへんさかいなあ。けど門人衆なら、そのかぎりではありまへんやろ」

こうして古筆家に寄せられてくる仕事とは、膨大な書画を蔵する有徳者（金持ち）からのおおまかな鑑定と仕分けの依頼であった。

「空穂助、上京《かみぎょう》の五辻に屋敷を構えている銭屋から、お屋形さまにいつもの仕事の依頼がまいった。東山の隠居所のものと合わせ、五百本余りの書画があるそうじゃ。およその鑑定と仕分けを、そなたに頼みたい。手のすいている者たちをつれ、出かけてくれ。

弥十郎はほかの仕事に当たっていて、手伝いかねるともうしている。しっかり頼むぞ」

古筆了延から直接に命じられることも、井狩源右衛門から急にいいつけられる場合もあった。

「はい、かしこまりました。さっそく明日からにでも、取りかからせていただきます
る」

「そなたやほかの門人にわかりかねる書画は、主《あるじ》の許しを得たうえ、屋敷へもち帰るがよかろう。お屋形さまか、それともわしが見てとらせる」

こうして空穂助は、いつも数人の若い門人をともない、依頼者の許に出かけた。

すぐれた鑑定者、すなわち目利《めきき》となるには、少しでも多くの墨跡や絵画を見ることが大切だ。

たくさんの作品に接して、鑑識眼が養われる。古筆見《こひつみ》をこころざす者には、絶好の勉学の機会だった。

「おい、そなたとそなた。それに大森宗継、お屋形さまのおもうしつけで、わしは明日から上京の銭屋へ、書画の鑑定と仕分けにまいる。そなたたちは特別なご用を仰せつけられていないはず。わしについてくるのじゃ。平蔵はわれらの手伝いのつもりでまいれ」

空穂助は、いつも横柄な態度で名指しした。

京都は応仁の乱で焼け野原となったあと、享保《きょうほう》十五（一七三〇）年六月には、俗に〈西陣焼け〉といわれる大火にみまわれている。

だがさすがに古くからの都だけに、貴重な書画を蔵する寺院や豪商が多かった。

特別、由緒もない小さな商家が、とんでもない名画や墨跡を、ひょいと床にかけていた。

伝来をたずねてみると、近くの寺僧が、不義理の詫《わ》びに持参したものだとの答えが、返されてきたりする。

それが中国、元《げん》代の名幅だったり、また一休禅師のものとわかるのも珍しくなかった。

有徳の好事家になれば、実におびただしい数の書画や骨董《こっとう》品を所持していた。

本来、古い墨跡を鑑定の対象にしてきた古筆家は、すべての「美術品」の鑑定を、昔から行っていたのであった。

「空穂助さま、さればお供つかまつりまする」

空穂助は大森宗継や平蔵たちをしたがえ、依頼者の屋敷に出むいていく。五、六年前までは、空穂助が源右衛門ら古参の門人につれられ、こうして出かけたものだった。

依頼者は古筆家の門人とはいえ、書画の鑑定を専門とする面々をむかえ、奥の広い部屋へ丁重に案内した。

すでに白壁塗りの頑丈な蔵から、蔵品を座敷に移し終えている家も、蔵に納められている書画を、これから運び出さなければならない場合もあった。

「主どの、お座敷に積まれた書画、ならびにまだ蔵に入ったままのもの、合わせておよそ何幅ほどございましょう」

「全部で何幅あるかと、おたずねでございまするか――」

「いかにも。およその数をおたずねしたい」

「へえ、どれだけございまっしゃろ。先代から伝えられてきた書画にくわえ、このわたくしが買い集めた品、すべてで何幅あるのか、当のわたくしにもさっぱり見当がつかしまへん。鑑定と仕分けをお願いし、ついでにご面倒でも、蔵帳《くらちょう》を作ってくれはらしまへんやろか」

依頼者は蔵品目録を欲しているのである。

「お望みとあらば、それもお作りいたしましょう。さてさて主どの、随分たくさん集められたものでございますなあ」

遊興の味をおぼえ、悪事を働きはじめてから、空穂助はこのあたりでいつもひっそりと生唾《なまつば》を飲みこんだ。

一重箱のもの、二重箱のものも積まれている。箱にはられた題簽《だいせん》を見ると、相当の名幅もあった。くわえて箱を失い、裸のままの品もたくさん数えられた。

――このなかに、大枚の銭になる逸品が埋もれているはずじゃ。それが近頃《ちかごろ》では、匂いでわかるわい。とんでもない名品が見つかれば、もっとよいがなあ。これで半年か一年、極楽の日が送れる。なんともこたえられぬわい。

ひっそりと生唾を飲みこんだあと、つぎに空穂助は、胸のなかでひそかにそろばんをはじいた。

「ではこれから取りかかるといたしましょう」

「よろしくお願いいたします」

「これだけの数となれば、四、五日はかかると思うてくだされ」

「へえ、何日かかっても結構どすさかい、気のすむまでやっとくれやす」

小一日で終わる場合も、五日も十日も要するときも往々にあった。

「ご当家で鑑定と仕分けをさせていただき、すぐに判明いたすものについては、問題はございませぬ。されどなかには、手鑑《てかがみ》や印譜帳《いんぷちょう》と照合いたさねばならぬ書画もありましょうほどに、その節はご蔵品を古筆家にお預かりして帰っても、よろしゅうございましょうな。鑑定は慎重に当たらねばなりませぬ。主からきびしく命じられておりますれば」

空穂助はこのときにかぎり、古筆家の意向を強くいい立て、威圧的な態度を見せた。

「へ、へえ、それはかましまへん。目利《めき》ちがいをしたら、名折れになりまっしゃろしなあ。お手をわずらわせますけど、当方にはむしろありがたいことでございます。どうぞお考えの通りに、どうとでもやっとくれやす」

依頼者はなんの不審も抱かずにしたがった。

こうして空穂助たちの仕事がはじめられる。

膨大な量の書画。一日中、かれらの鑑定や仕分けにつき合っている主は、ほとんどなかった。

古筆了延からつかわされてきた門人衆として、どこの当主たちも、空穂助らを信用しきっていた。

「なぁ宗継、そこの箱の山から、片付けるといたそう。順序よくわしに広げて見せてくれ」

空穂助の言葉にしたがい、大森宗継が若い門人にあごをしゃくった。

上蓋《うわぶた》をあけ、書画を取り出す者、それを空穂助や宗継に差し出す者にわかれた。

目の前に出された画幅の両端を、空穂助が両手で軽くつかむと、手伝いの門人たちは、画幅を広げながら、すっと後ろにしりぞいた。

初めて見る書や絵が、そこに展開した。

その書画の筆者や良否を、即座に判定したり、畳の上に広げたまま、ゆっくり吟味したりするのである。

「宗継、どうじゃこの絵は――」

「箱には雪舟《せっしゅう》と書かれておりまするが、これは大方、にせ物でございましょう。もっとも、近衛前久《このえさきひさ》さまの折紙《おりがみ》がついておりますれば、ことを荒立てる必要もございますまい。さわらぬ神にたたりなしとまいるのが、無難と思われまする」

大森宗継は笑いをふくんだ声で答える。

安徳寺を背景とする空穂助に、茶湯者《ちゃのゆしゃ》を父親にもつ宗継は、いつも臣従の態度であった。

言葉づかいも空穂助を立てていた。

「結構、結構。雪舟ほどの名人ともなれば、真贋《しんがん》、いずれであってもおかしくはない。わしらごときが、前久さまの折紙に文句をつけ、手柄顔をいたすこともあるまい。まさにさわらぬ神にたたりなしじゃ。ではこのままにいたしておこう」

雪舟は等楊《とうよう》ともいい、室町時代を代表する画僧。いまでは世界的にも著名な画家として知られている。

そのためどの大名家でも、また富豪たちも、かれの絵を欲しがった。

いきおいにせ物の描き手が、各時代を通じて現れた。

世の中にはこうした贋物が数多く存在する。

だが、古筆家の始祖了佐が鑑定を学んだと伝えられる近衛前久の目ちがいを、いくら古筆家の誓紙にちかったとはいえ、改めてただす必要もなかった。

それに雪舟を贋物と決めつければ、持ち主をがっかりさせる。鑑定を頼まれたとき、昔も今も困るのはこんな場合だという。

研究者のなかには、真贋をはっきりのべる硬骨漢もいるが、「結構な雪舟です」と、曖昧《あいまい》にしてすませる者が多かった。

古筆見は現在からいえば、いわば美術史研究の先達といえよう。美と財力をともなう世界だけに、ここには奇怪な話が語りつくせないほどある。

たとえば質《たち》のよくない研究者が、人の家を訪れ、美術品を見せられたとしよう。かれは所蔵者が最もすぐれたもの、すなわち高価だと思っている品には、見むきもしない。ほかのものをしげしげと眺めている。

当人がその道の権威だけに、所蔵者は自分の〈逸品〉に失望する。そしてこの情報は、当人からすぐ美術商に知らされ、品物はひどい安価で買い取られるのである。

人間の機微や弱みにつけこんだ研究者ぐるみのこんな悪質な行為は、美術品が富や権力を象徴するものである以上、これからもなおひそかに行われるだろう。

空穂助は、くわしく調べるといい預かって帰った名品を、駄物《だもの》とすり替えた。

さらにはほかの門人の目をかすめ、名幅の本紙だけを剃刀で切り、盗み取っていた。小さく折りたたんだ本紙は、腕のいい表具屋の手にかかれば、簡単にもとにもどされた。

その品をまわりくどく、人を仲立ちにして古筆了延のもとに持ちこみ、鑑定を受け、極《きわめじょう》状を得るのだ。安徳寺の品として、自分で了延に極状を依頼することもあった。

あとはいうまでもなく、売り払って大枚の金に替えた。

天下は泰平、京の豪商ばかりではなく、諸国の富裕層の間にも、茶湯《ちゃのゆ》や立花《りっか》が普及している。それにつれ、趣味的生活が深まり、書画に代表される骨董好きがふえていた。すぐれた美術品は高価、ここに必然的に犯罪をひき起こす原因があり、当時、京では美術品にまつわる事件が、大、小続発していた。

明暦《めいれき》三（一六五七）年十二月、中国、南宋《なんそう》時代の臨済五世、北澗の墨跡を偽造し、大徳寺の玉周《ぎょくしゅう》（舟）和尚の添え状まで作って売却した長右衛門と関係者七人が、はりつけに処せられた。

また延宝《えんぽう》三（一六七五）年三月、御所に出仕する御殿医、野間三竹の鷹峰《たかがみね》屋敷の土蔵を、大宮通り桜町の大工喜兵衛がやぶり、青磁の香炉、古墨、茶入れ、茶碗《ちゃわん》、掛け物など、多くの美術品を盗み出した。喜兵衛は捕らえられて西土手で処刑され、盗品を買い取っていた古道具屋や関係者は、町あずけや山城国中追放になっている。

——わしがやっていることも、やがてはばれるかもしれぬ。そうなったら、世間を大きく騒がせるだろうよ。

空穂助は酒を飲み、女たちと茶屋でたわむれながらも、内心では怯《おび》えを感じるときもあった。だが甘い遊蕩の味が、かれの心をすっかり麻痺《まひ》させていた。

鑑定と仕分けを頼んでくる人物たちは、古筆家を信頼しきっている。

書画は膨大、数合わせもおのずと曖昧《あいまい》だった。

そのなかから巧妙に金目のものをくすねているため、露見するのはずっと先になり、あまり大騒ぎにもなるまいと、かれは読んでいたのだ。

古筆家の家名、門跡寺院安徳寺の寺格。自分が古筆家の門人になったのも、死去したとはいえ、幕府の要職と天皇家がからむだけに、もし早期に自分の悪事が知れても、どこかでもみ消されるだろうと、たかをくくってもいた。

ここ二、三年のうちに、空穂助は源右衛門や弥十郎、大森宗継たちの目をかすめ、かなりの美術品を、あちこちから盗み取ってきた。

これらを日にちをかけて金に替えた。

「いっとき、そなたに金をせびられるたび、愛想をつかしておった。それが四条大宮下ル町に一軒を借りて住みはじめてから、金の無心もいたさず、奉公を大事にしてつとめているとみえる。その心がけがことのほか殊勝じゃ。兄の式部も、いずれご摂家さまか同じ門跡寺院につかえる坊官か諸大夫（家老職）の娘でも、嫁女としてむかえてやらねばならぬともうしていたぞよ」

父親の竹田大膳は、空穂助が心を入れ替え、まじめに暮らしていると、すっかり思いこんでいる。

空穂助の良心が、ここでちくりとうずいた。

だがそんなものなど、紅灯のざわめきや、茶立女たちの嬌声《きょうせい》を胸裏によみがえらせると、なんの痛みもなく、すぐどこかへ吹き飛んでしまった。

ご摂家さまとは、近衛、九条、二条、一条、鷹司の各家。門跡寺院には安徳寺、輪王寺のほか十数院があり、くわえて摂家門跡寺院六カ寺、東西両本願寺など准門跡寺院が六カ寺かぞえられた。

安徳寺坊官の息子、しかも古筆家の高弟となれば、これらの中から、嫁のき手は容易に探せるはずである。

生活の苦しい微禄《びろく》の御蔵米公家《おくらまいくげ》は、手内職をしたり、大きな商家へ帳づけに雇われたりしている。かれらの娘たちは、武家の許へでも、よろこんで嫁いでいるありさまだった。

——いまのところ、わしはどこの坊官や諸大夫の娘でもごめんじゃな。あの連中、体裁やしきたりばかりを重んじて、一向におもしろくないわい。娘たちにしたところで、厚化粧はまだよいとしても、どうせ親に似て堅苦しく、二言目には世間体《てい》の家名のと、うるさくもうし立てるにちがいない。暮らしに艶《つや》がないのは、わかりきっている。ともかく男は晩婚にかぎるわい。まだまだここ四、五年は、若い茶立女とおもしろおかしく遊び暮らし、それからすました顔でお世話を願いたいと、父や兄の式部に頭を下げればいいのじゃ。

古筆家でのつとめが長くなればなるほど、自分の価値は上がってくる。

古筆見修業を口実にすれば、どんな縁談でもやんわり断れた。

最近、空穂助は、四条大和大路の蛍茶屋「十一屋」の鶴さとに溺《おぼ》れこんでいた。

鶴さとは二十歳、色が白く、なまめいて美しかった。

去年の末、平蔵が問屋町の長屋からのもどり、四条で空穂助の首に白い腕をまきつけている若い女を見たが、それが彼女であった。

蛍茶屋の名は、夜にかぎり店を開くところからつけられたと、『京都坊目誌』は記している。また『京都御役所向大概覚書《むきたいがい》』によれば、「大和大路筋橋下ル東側、祇園新家地」あたりには、こんな茶屋が三十八軒店を構えていたという。

「これからあと、蛍茶屋で女子を物色しても、鶴さとほどの女子とは、二度とめぐり会えまい。わしがいずれ嫁女をめとるとしても、鶴さとを別に囲っておいてもよい。また金はかかるものの、鶴さとをどこかしかるべき家の養女としてもらい受け、それからあれを妻としたいと、父や兄にせがむ方法もある。それくらいの金、わしに算段できぬでもない。いまでも百五十両はたくわえておるわい」

空穂助は胸の中で自分にいいきかせ、再び平蔵の髪上げに目をこらした。

髪結いが、最後の櫛を髻《もとどり》に入れている。

目を軽くつむり、平蔵は静かに坐り、びくとも動かなかった。

――あいつは才気ばしった奴じゃ。古筆家に門人奉公にきて、ほどなく四年。町方で暮らしてきただけに、どうすれば金の工面ができるかぐらい、知りつくしているはずじゃ。案外、誰にもわからぬように、わし以上の悪事を働いているのかもしれぬ。家の暮らしがどんづまりだというのに、あの平然とした態度は、どうしても解《げ》せぬわい。家のほうも貧乏をよそおっているだけで、あいつが運んできた金をたんまりためこみながら、世間に泣き面《つら》を見せているのとちがうか。いや、きっとそれに相違ない。

家柄や身分がよくても、下劣な人間はどこにでもいる。一方、それが反対でも、高い志を持ち、襤褸《らんる》をきて玉を磨いている人間も、またどこにでもひっそりいるものだ。

空穂助と平蔵の二人が、まさしくこれに相当した。

平蔵のしっぽをつかみ、化けの皮をはいでやらねばなるまい。空穂助はそれが自分の身に危険をもたらすことも忘れ、目を鋭く光らせた。

「お屋形さま、ご門人衆の髪上げ、これであいすませました」

髪結いが片膝をつき、大床《おおどこ》を背に坐る古筆了延に低頭した。

かれも妻の以世も微笑し、軽くうなずいた。

「髪結いどの、ご造作をかけました。下がってもよいぞよ」

剃刀親の弥十郎がいい、了延のわきにひかえる源右衛門も、大きくあごをうなずかせた。

平蔵は髪結いが畳ずれの音をさせ、ひそやかに去っていくのにつれ、ゆっくり目を開いた。

「おお平蔵、そなた立派な男ぶりじゃ。総髪が凛々《りり》しく見えるわい」

弥十郎がかれの面前にまわり、しみじみと平蔵を眺め、またほめそやした。

「弥十郎、これで平蔵におのれの頭を見せてやれ。御督様《おかみさん》から特別にお借りいたしたものじゃ」

源右衛門が以世から柄《え》のついた手鏡をわたされ、二人に膝行《しっこう》した。

「平蔵、めでたいことじゃ。以後、いっそう古筆目利に精進いたせ」

了延の言葉につづき、以世が後ろからふくさ包みを取り出し、源右衛門に手わたした。

「めでたいのう、平蔵。これはお屋形さまが特にといわれ、そなたにくだされたお祝いの金子、両親《ふたおや》どののご苦労に、少しでも報いてやりなされ」

「ありがたい仰せ、同門のかたがたにも厚くお礼をもうし上げまする」

平蔵は了延と以世にむかい、まず平伏した。

あとには誓紙の読み上げが待っていた。

中秋の絵

紅灯《こうとう》のざわめきがきこえてくる。

蛍茶屋十一屋の二階座敷、白川の流れが水の匂いを運んできた。

「宗継、まあ今夜は存分に飲んでくれ」

空穂助《うつぼのすけ》は大森宗継に染めつけの銚子《ちょうし》をさしむけた。

空穂助のそばには、鶴さとがあでやかな顔で寄りそっている。二人ともすでに微醺《びくん》をおび、宗継はたったいま十一屋の女将《おかみ》に案内され、座敷の席についたところであった。

「空穂助さま、これはおおきに。さっそくいただかせてもらいます」

かれは蒔絵《まきえ》をほどこした膝元《ひざもと》の膳《ぜん》にちらっと目をやり、空穂助から盃《さかずき》を受けた。

それを一気に飲みほし、ほっと息をついた。

「駆けつけ三杯ともうす。つづけていかがじゃ」

空穂助は昨夜、宗継から自分にとって耳寄りな話をきかされただけに、きわめて機嫌がよかった。

　これで気にさわる競争相手を完全におとしいれられ、目の上のこぶが取れる。自分がひそかに行ってきた悪事も、もしやがて露見したら、平蔵が金に困ってやっていたのではないかと、まわりをいいくるめることも可能なわけだ。

　空穂助がいやしく勘ぐっていた行為は、平蔵には見出《みいだ》せなかった。しかし思いがけなく、かれを破門に追いこむことができる怪しい場面を、大森宗継が目撃、空穂助に忠義《ちゆうぎ》面《づら》をしてささやいてくれた。

　これが表ざたになれば、古筆家《こひつけ》の家内《いえうち》は大騒ぎになり、主了延《りようえん》の後妻の以世《いせ》が、窮地に立たされる。騒ぎの程度では、同家から不縁となり、汚名をきせられ立ち退《の》くことにもなりかねなかった。

　かれが見るかぎり、以世は平蔵になにかと親密に接していた。

　自分や宗継だけではなく、ほかの門人たちもいぶかしむほどだった。

　主了延の後妻だが、空穂助には平蔵と合わせ、好感のもてない女だ。そんな彼女がどんな目にあっても、痛くもかゆくもない。二人の年齢はだいぶ離れているが、いっそ〈不義〉の噂《うわさ》を立ててやってもいい。人の不幸は大きいほど痛快なものなのである。

　宗継に対して空穂助が愛想がいいのは、これから古筆家ではじまる家内の騒動が、自分を利するものだからだ。

　大森宗継は二杯目の盃もぐっとあけた。

「うつさま、そないちょこちょこ注《つ》がはらんと、宗継はんにお湯のみでも持ってこさせまひょか。今夜はうんと楽しく遊びまひょうな。さっき、うつさまはうちをお嫁さまにしてやるといわはりましたわなあ。なにもかもひっくるめて、前祝いしまひょうな」

　鶴さとが妖艶《ようえん》な目でかれをあおり立てた。

　空穂助もすっかり浮ついている。

「おお、そうじゃ、それがよい思案。今夜は楽しく、夜を徹して遊ぶといたそう。まずは宗継に湯のみを持ってきてもらえ――」

　かれの言葉につれ、鶴さとが足をふらつかせて立ち上がり、座敷のふすまを開けた。そして階下に、誰かきてえなと声をかけた。

　小女が階段をすぐ急いでのぼってきた。

　鶴さとは湯のみ三つと銚子を命じ、ほかの妓《こ》はまだかいな、早うくるように伝えてんかと、険《けん》のある口調で命じた。

「へえ、早うお座敷に出ていただきますさかい――」

　小女の返事をきき、鶴さとは後ろ手でふすまを閉め、空穂助の背にしなだれかかった。

「まあ鶴さと、それほど女たちをせかさぬでもよかろう。わしはそなたさえいればよいのじゃ。秋の夜長、これからまだまだ刻《とき》は長いぞよ」

空穂助は鶴さとの手首をつかみ、満足そうなようすでなだめた。

「うつさま、うちそんなつもりでみんなをせかしたのやおへん。うつさまはうちだけのもの。それをみんなに見せつけてやりとうおすねん。うちがどこかの養女にしてもらい、うつさまの御督様《おかみさん》になるとわかったら、みんなびっくりしてうらやみますやろ。夜の町で働いている女子《おなご》は、外面こそいたわり合い、仲ようやってるみたいどすけど、ほんまは誰がなにを考えてるのか、さっぱりわからしまへん。どこの世界でもそうどっしゃろけど、裏にまわれば妬《ねた》みや悪口、それはひどおすえ。うちかてこれでも、随分、みんなに意地悪されてきましてん。うつさまとの仲を見せつけてやり、胸にためてきた嫌な思いを、すかっとさせとうおすねん。それぐらいかましまへんやろ」

鶴さとは空穂助に頬《ほお》ずりして甘えかかった。

彼女の言葉には、虐《しいた》げられてきた人生と、その中で不幸にもはぐくまれた邪悪なものが、露骨にのぞいていた。

「おお、そうかそうか。そなたの気持はよくわかった。だが今夜の客は、わしではないぞよ。そこの大森宗継、わしには宗継さまじゃわい。宗継が気に入りそうな妓を、選んでおいてくれたであろうな」

　空穂助は宗継に笑いかけ、鶴さとにたずねかけた。

　宗継がはにかんだ表情で、空穂助の笑いに応じた。

「宗継はんのお気に入りは、仙千代はんどっしゃろ。うつさまが心配しはらんでも、ちゃんときてもらえるようにしてます」

「それならよい。わしのためを思うてくれている宗継、これからのこともあり、わしはこ奴に十分報いてやらねばならぬでなあ」

　宗継の顔が、空穂助の言葉で大きくほころんだ。

「空穂助さま――」

　宗継はうれしそうにつぶやいた。

　自分が空穂助に耳うちした情報、意外なこれが、古筆家でどんな波紋をまきおこし、どう展開するかぐらい、宗継にはおよその見当がついていた。

　ことと次第では、古筆家の屋台骨がゆらぐほど、大きな騒ぎになる。

　宗継には、空穂助がおのれの立場をよくするため、自分の垣間見た光景を、おおげさに語るさまが目に浮かぶようだった。

　かれがふと垣間見たもの、それは了延後妻の以世が、人目を気にしながら、湯殿のそばで金包みらしいものを、平蔵ににぎらせようとしている場面であった。

「御督様《おかみさん》、もうそれだけは金輪際、やめてくださりませ。いつもいつも、そんなに気を配っていただくわけにはまいりませぬ。家のほうは、父が身体を弱らせ、働いたり働かなかったりでございまするが、姉が縫い仕事を一生懸命にいたし、どうやら日々をすごしておりまする。どうぞご心配はご無用にしていただきとうございます。御督様がわたくしのことを気にかけてくださいますお気持、ありがたくぞんじまするが、これがもしお屋形さまに知れましたなら、御督様のお立場がそこなわれ、お叱《しか》りを受けることにもなりかねませぬ。わたくしがお屋形さまからお扶持《ふち》をいただけるようになるまで、あとわずか。それくらいはどうにか持ちこたえられまする」

平蔵は声を押し殺し、無理矢理、以世が懐に入れようとしている紙包みをこばんでいた。

「平蔵、なにをもうすのです。おまえはお屋形さまと源右衛門どのに見出され、古筆家に途中から入門した者です。問屋町の両親《ふたおや》さまは、おまえのかせぎを、さぞかし当てにされていたことでありましょう。古筆家の決まりは決まりで、堅く守らねばなりませぬ。されどお扶持をいただけるようになるまで、わたくしがお屋形さまやほかの門人衆には内緒ででも、そなたが苦にしている暮らしの心配をするのは、古筆了延の妻として当たりまえのことではありませぬか。しかもこのお金は、古筆家から出たものではございませぬ。九条家につかえているわたくしの父から、もうし受けてまいりました」

以世のこの言葉がきこえなければ、夫の了延とひどく年の離れる彼女が、若い平蔵に恋慕し、強くいい寄っているとしか見えない光景であった。

――あの調子では、この三年半余り、御督様は平蔵にずっと金をみついでこられたようじゃな。お屋形さまも門人頭の源右衛門さまも、どうやらまだお気づきでないようすじゃ。

以世の説得にしたがい、平蔵が頭を垂れる。

宗継は足音をしのばせ、その場からひっそり立ちのいた。

宗継が見たところ、空穂助は平蔵をうとんじているどころか、意趣をいだき、ひどく憎んでいた。

宗継自身も、平蔵をどうしても好きになれなかった。

それは家柄を誇る人間が、門地のない相手に一様に感じる気持といえ、その相手が年も若く、俊才となれば、ましてであった。

すぐれた人間が自分の上に存在していれば、自分に当たる陽は少なくなり、ときには一生、日陰におかれてしまう。

平蔵みたいなあんな奴がいなければと、宗継も自分の非力《ひりき》をたなに上げ、幾度も口惜しい思いをしてきた。

――御督様が平蔵にかけていた言葉をいくらか省略し、見た光景だけを空穂助に耳うちしてやれば、かれならどうするか。

悪知恵の働く空穂助なら、おそらくそれに尾ひれをつけ、ことを大げさに吹聴して、意趣をいだいてきた平蔵を、おとしいれるにちがいなかった。

――これは空穂助さまに耳うちするにかぎる。

宗継は胸の底で自分にいいきかせた。

かれの父親は、公家衆のひいきを受けているものの、町住まいするただの茶湯者《ちゃのゆしゃ》。空穂助に恩を売り歓心を得ておけば、門跡寺院の安徳寺へ、父や兄が登用されないでもなかろう。

また、空穂助がやがて、同寺のおかかえの古筆見になったとき、自分もその余慶にありつけるとも考えたのである。

世の中は、とにかく強いものにすがって生きるのが一番だ。

強いものにすがる弱さ。反対に、弱いが強いものにすがろうとしない平蔵の強さなど、宗継は考えたこともなかった。

昨夜、かれは空穂助を近くの居酒屋にさそい出し、以世と平蔵が互いに口にした言葉を少々略し、わざと思わせぶりに自分が目にした光景を語ってきかせた。

縄のれんを下げたその居酒屋は、店を開けたばかりで、客の数は少なかった。宗継の言葉にじっと耳をかたむけていた空穂助は、それはまことの話かと、目をむき、思いがけない大声で問い返してきた。

店の隅で酒を飲んでいたお店《たな》者風の二人づれが、驚いて腰をうかせ、まじまじと空穂助の顔を見つめたほどだった。

「う、空穂助さま、この話、事実に相違ございませぬ——」

かれの迫力に気《け》おされて、宗継は生唾《なまつば》をごくりと飲みこんでうなずいた。

「それにまちがいないのじゃな。御督様《おかみさん》と平蔵の奴が、人目をしのび、湯殿のかたわらで手をにぎり合っていたとなれば、これはまさしく不義ともうせよう」

「ふ、不義でございますか」

宗継はまたもや喉《のど》をごくんと鳴らした。

「おお、不義密通じゃ。しかも御督様が平蔵に金包みをわたしていたとは、はなはだおだやかでない。平蔵の奴、まだ若いくせに、御督様を甘い言葉で籠絡《ろうらく》いたしておるばかりか、あまつさえ金までせびり取っていたとは、驚くべき手管《てくだ》じゃわい」

さすがに空穂助は声をひそめ、宗継にささやいた。

「御督様を甘い言葉で籠絡、驚くべき手管だともうされまするか」

「いかにも。お屋形さまと御督様は、お年が二十六も離れておいでになる。御督様には、なにかとご不満もおありであろう。平蔵はそこを隙《すき》とにらみ、御督様にすっと近づいていったにちがいない。御督様のような女子が、いったん若い男に肌身を許せば、あとがどうなるかぐらい、おぬしにも察しがつこう。平蔵はそれをよいことにして、人前ではまめまめしくしたがいながら、陰では御督様に、勝手気ままをもうしているのであろう。もしかすれば平蔵は、一、二度御督様をなぶり物にいたしただけで、あとは強請《ゆす》りをかけているのかもしれぬ。生まれも育ちも下賤《げせん》な奴だけに、金のためならなにをいたすかわかったものではない」

空穂助は宗継がひそかに期待していた通り、わずかな話を次第に増幅させていった。

「空穂助さま、それでいかがいたされまする」

「いかがもなにもないわい。お屋形さまが一目惚《ぼ》れをいたされ、後妻におむかえなされた御督様を、手ごめ同然にいたし、金までせびり取っている奴を、古筆家につかえる古参のわしが、黙って見すごすわけにもまいるまい。さればといい、ことがこと。いたずらに騒ぎ立てれば、お屋形さまのお顔を汚す結果にもなる。要は平蔵の奴が、御督様から金をせびり取っていることだけを明らかにして、奴を古筆家から破門いたしてもらえばよいのじゃ。平蔵との不義密通がはっきりわかっても、お屋形さまは世間体を恥じて、醜聞をおおやけにはいたされまい。門人頭の源右衛門さまとて、おそらくさように動かれよう。そなたからその話をきかされ、わしは常々不審に感じていた謎《なぞ》に、やっと納得がいったわい」

空穂助がいう不審とは、平蔵の一家がとぼしい収入の中で、どうして暮らしを立てられているかであった。

平蔵が以世を強請って得た金を、問屋町の家に運んでいたとすれば、すべてが理解できてくる。

「空穂助さま――」

「宗継、なにも恐れまいぞ。そなたの名前など、決して出さぬわい。それより、主家を食い物にしている不埒《ふらち》者をどう追い出すか、夜にでも祇園の茶屋で、ゆっくり考えるといたそう」

空穂助の言葉に宗継は黙ってうなずいた。

外がさらににぎやかになっている。

蛍茶屋とはいえ、鶴さとを目当てに、空穂助が足しげく通っている十一屋は、店構えも普請も立派な大店《おおだな》。生半可《なまはんか》な男が通える茶屋ではない。宗継はそれを迂闊《うかつ》にも深くつきつめて考えなかった。

宗継の念頭には、空穂助の背後に安徳寺の偉容だけがあり、空穂助が色町でついやす金も、すべて親許から出ているものと、頭から決めつけていた。

空穂助がどんな方法で金を得ているのか、その実態を知ったら、宗継は驚きあわて、顔色を変えてその場から逃げ出すだろう。

いくら出自がよくても、そんな不埒な男と親しくしていれば、自分の前途が閉ざされる。

空穂助がときおりひそかにやっている悪事は、かれのまわりの人々を、すべて奈落に引きずりこむ行為であった。

なにも知らないとはいえ、宗継はいま、そんな薄汚い金でのふるまいにありついている。

「空穂助さま、仙千代のお召しはありがたくお受けいたしますが、平蔵のことはいかがいたされまする。酒を飲み女子とたわむれるのは、それを相談したあとでよろしゅうございましょう」

宗継は肝心なことがまだなのに気づき、盃をおき、空穂助にたずねかけた。

「宗継、さような相談なら、もう無用じゃ。すでにわしの腹の中で、思案がまとまっておる。心配はないわい」

「すでにご思案が。どういたされるのでございます」

「悠長に構えているべきではなかろう。門人頭の源右衛門さまと弥十郎に、まず話をいたし、そのあと直接、お屋形さまにすべてを打ち明けてしまうのじゃ。穏便にいたすのは、得策ではない。結末はお屋形さまの腹一つとなる」

　自分が考えていた道筋を告げ、空穂助ははればれとした顔つきになった。

「やはり。源右衛門さまや菅沼さまにご相談をかけ、一挙にお屋形さまにお話しになるのが、賢明でございましょうなあ」

「そなたもさように思うか――」

「い、いかにもでございまする」

「そうかそうか。それでわしの決心もしっかり堅められた」

　空穂助はまず一人の味方を改めて得たといわんばかりに、目を細め、宗継を見つめた。

「うつさま、うちのことも忘れんように、早うしておくれやすや。お願いどすさかい」

　鶴さとが空穂助の胸にすがりつき、濃艶な笑みをうかべ、かれの顔を下から仰いだ。

「鶴さと、それはわかっておる。わしがそなたを、このままにしておくものか」

空穂助が彼女の肩に手をまわしたとき、座敷の外から仙千代の声がひびいてきた。

早朝の空を雁が飛んでいった。

平蔵は古筆家の長屋門の外を掃《は》き、竹ぼうきを持ちなおして、前庭の掃除をはじめた。

「うち、きのう月を見たの。きれいやったわあ」

「ああ、それやったらわしも見たがな。そやけど、わしの見た月は半分やった」

「平蔵ちゃん、ほんならうちの見た月は、その半分やったんやろか。細うて小ちゃかったえ」

「あほいうたらあかんがな。お美和ちゃん、半分に欠けてた月が、一晩でそのまた半分にはならへんねんで」

「そんならうち、平蔵ちゃんと同じ月を見ていたんやわ。うれし」

雁が飛んでいくのを眺め上げたせいか、平蔵の胸裏に、幼いころお美和と交わした会話が、ふとよみがえってきた。

いまごろお美和も、三条木屋町の旅籠屋枡富《ますとみ》で、掃除でもしているのではなかろうか。

客を送り出したがらんとした部屋、ふすまにすすきの絵が描かれている。秋の野面《のづら》、大きな月がすすきの背後からのぼりかけている、「武蔵野図」とでも名づけたい絵だった。

　そんな光景を平蔵は想像し、庭の落ち葉を竹ぼうきでかき寄せた。

　旅籠屋の枡富は客筋がよく、主夫婦や働いている女中、板前たちも、彼女にはやさしいという。

　残り物ができると、ひとっ走り、問屋町の家に持っていってやれと、主夫婦や女中頭が、気をきかせてくれるときいていた。

　平蔵の両親たちも、その残り物のおすそ分けにあずかっているのだと、姉のおきぬがよろこんでおり、お美和は会うたび女らしくなり、平蔵の胸をときめかせた。

「平蔵はんのお嫁さんになれたら幸せやろなあと、十ぐらいのときから考えてきました。そやけど平蔵はんは、いまは古筆家さまにつかえ、徳川さまの又家来。うち、無理な願いやと思うてます」

　平蔵が髪上げを終えたあと、枡富に立ち寄ったとき、お美和が背をむけて、袂《たもと》で顔を押さえた。

「お美和ちゃん、そんなことあらへん。古筆家につかえ、徳川さまの又家来いうても、そんなん、いつどうなるかわからへんがな。わしは昔のままの平蔵や。お美和ちゃんがわしの嫁にきてくれたらどんなにええかと、お姉《ねえ》がいうてたわいな」

「お姉はんやのうて、平蔵はんはどないえ。炭問屋に奉公してはった平蔵はんが、うちは大好きどした」

「わしがお美和ちゃんを好きやさかい、お姉もいうてんのや」

そんなことを熱く思い出していた平蔵の耳に、源右衛門の呼び声がきこえてきた。

源右衛門の声は、いつになく鋭かった。

「はい、ただいま参上いたしまする」

平蔵は竹ぼうきをさるすべりの木に立てかけ、内玄関のほうにむかい、そこから溜《たま》りの間をのぞいた。

板戸を開けたままのその部屋の奥は本座敷。数カ月前、かれが髪上げをした部屋であった。

本座敷のふすまを開け、源右衛門が立っている。

「源右衛門さま、お呼びでございましたか」

「おお呼んだ。はき物をぬいで、わしについてまいれ」

いくらか声を柔らげ、かれは平蔵をうながした。

「わかりました。お供つかまつりまする」

平蔵が土間にはき物をそろえて部屋に上がると、源右衛門は身体をひるがえし、本座敷とつぎの使者の間を通りすぎ、謁見《えつけん》の間にすすんだ。

古筆家に謁見の間が構えられているのは、歴代の当主につかえたあと、町住まいの「古筆見《こひつみ》」となった旧門人たちが、盆正月、当代に挨拶にくるからであった。

町住まいの古筆見とは、いわゆるのれん分けを許された旧高弟たちで、かれらは一般の町人がもちこむ書画などの鑑定に当たっている。京ではほかに、「刀目利《かたなめきき》」「諸道具目利」「絵目利」などの特殊な職業がなりたっていた。

源右衛門のあとにしたがい、平蔵が謁見の間に入る。そこに弥十郎が渋い顔でひかえていた。

「平蔵、まあそこに坐れ——」

片膝をついた姿勢でふすまを閉めた平蔵に、弥十郎が自分の前をあごで指した。

かれの顔つきが、明らかにいつもとちがっている。

平蔵はなにか背筋に悪寒が走るのをおぼえ、静かに正坐した。

弥十郎はそのあと無言のまま、平蔵をじっと見つめていた。

ひとこともいわず、まばたきもしなかった。

平蔵はかれの強い注視をまっこうから浴び、そっと視線をふせた。

「今日はなあ平蔵。わしは源右衛門どのにつぎ古筆家につかえる古参の門人として、心《しん》底《てい》からそなたにたずねたいことがあり、こうして呼んだのじゃ。いまそなたに声をかけた源右衛門どのは、別室でこれまたそなたや古筆家にとっての大事を、空穂助にただしておられる。わしはいわばお屋形さまの名代として、そなたを訊問《じんもん》いたすのじゃ。お屋形さまは書院の間で、結果をお待ちになられ、御督様《おかみさん》はお居間でご謹慎の体《てい》をとっておいでになる。かまえて嘘《うそ》はもうすまいぞ」

かれはさらにきびしい顔になり、平蔵にもうしつけた。

「御督様がお居間で謹慎されておられますると——」

ここで平蔵の顔色が一気に青ざめた。

それにつれ、弥十郎の目がいきなり殺気をおび、きらっと光った。

かれは古筆家の門人とはいえ、身分は美濃郡上藩の武士。藩の道場で目録を許された腕前だときいていた。

「平蔵、そなた御督様がご謹慎とききき、顔色を変えようった。なにほどかのおぼえがあるのじゃな」

かれは空穂助からきかされた驚くべき一件を、あくまで穏便にすませたいと思っていた。

古筆家の醜聞を、絶対に外へもらしてはならなかった。

ここで平蔵の緊張をとき、口を開かせなければならない。弥十郎は全身から力をぬき、目にわずかな笑みをにじませた。

井狩源右衛門とかれが、竹田空穂助から、お家の大事を是非ともお告げしたいといわれ、その大事とやらをきかされたのは昨晩であった。

空穂助は了延後妻の以世が、平蔵に金子《きんす》をせびり取られているとまずのべた。そして平蔵の親許は生活に困っておりますればといい、あるいは金を強要されるのは、御督様になにか女としての落ち度がおありになるからではないかと、顔に苦笑をうかべて進言した。

「空穂助、なにか女としての落ち度とはなんじゃ」

源右衛門ではなく、弥十郎が眉《まゆ》を寄せてかれに迫った。

「ここだけの話として、お耳をけがせば不義密通。御督様と平蔵は、年が離れておりまするが、さようなことは、男女の間柄では問題ではございますまい」

空穂助は確信ありげにいってのけた。

その推察が、全くのみこみちがいであることもありうる。だが以世が平蔵に金をわたしている事実だけで、彼女は人からどう考えられても、弁解の余地がないのである。

「御督様と平蔵が不義密通じゃと――」

源右衛門が絶句して、ぎょっとした形相で弥十郎を眺めた。

源右衛門は以世が、平蔵にときどき金をわたしているのをすでに見ていたからであった。

平蔵はもと炭問屋の奉公人。古筆家の門人となり、給金がないだけに、家のさらなる困窮は知っていた。それゆえ誰にもやさしく対する以世が、かれの親許の生活を心配して気くばりしているのだと、源右衛門は自分にもいいきかせてきた。

彼女のそのやさしさが、もしかすれば年の差をこえ、不義に発展したのではないかと、一瞬、思ったのだ。

「源右衛門どの、これは容易ならぬこと。されど驚きあわて、騒ぎ立ててはなりませぬぞ。ごく内々、ほかの門人衆にも知られずに、われらだけで真相をただし、処置に当たらねばならぬと、ご承知おきくだされ」

「弥十郎、それくらいわしにもわかっておる。だが空穂助がいまほどもうした金銭の授受、実はわしは再三にわたって目にしてきたわい。それが不義密通になろうとは——」

源右衛門の言葉に、今度は弥十郎が驚いた。

「源右衛門どの——」

「いや、古筆家の門人頭として、これはわしの失態であった。だがわしはあくまで、御督様が平蔵の親許の暮らしぶりを案じられ、ご配慮されているにすぎまいと、見て見ぬふりをいたしてきたまでじゃ。それが空穂助、そなたの目にもふれ、不義密通の、また御督様に女としての落ち度があり、平蔵に強請《ゆす》られているなどといい立てられれば、もはやこれはききずてにできぬ。空穂助、この話、容易ならぬことゆえ、お屋形さまのお耳にも一応入れ、そのうえで処置に当たろうとぞんずる。されどことと次第では、そなたにも累《るい》がおよぼう。それについてはそなた、それだけの覚悟を十分つけているのじゃな」

源右衛門は、空穂助にいどむように激しい言葉を叩《たた》きつけた。

「源右衛門さま、古筆家の大事、それだけの覚悟をつけねば、もうし上げられませぬ。不義密通の話はさておき、平蔵が御督様から内々、金子を受け取っていたのはまことでございましたろうな。これだけでも由々しいことではありませぬか——」

空穂助は勝ちほこる顔になった。

「いかにも、それはそなたがもうす通りじゃ。だがわしが覚悟ともうしたのは、さようなことではないわい。諸家から古筆家に寄せられてくる目利《めきき》仕事をはたす中で、そなたがなにをいたしているのか、わしは薄々ながら気づいているのをもうしているのじゃ。これが露見したとき、いかに穏便にはからってすませるか、わしはおりにつけ思い悩んできた。だがそなたの古筆家入門は、ご当人さまはすでにお亡くなりだが、京都所司代さまのお声がかり。いわば請人《うけにん》は京都所司代さまと考えれば、いかようにでも対処できようと、わしは今日あすにでもそなたを叱ろうとしながら、ついこれまで見すごしてまいったのよ。されどそなたが平蔵と御督様のことをいい立てる以上、それも合わせてきびしくたださねばなるまい。空穂助、世間を甘く見てはなるまいぞ。祇園の蛍茶屋での遊びはほどほどにいたせ。さらにそなたが平蔵の才をうらやみ、常々から意趣をいだいていること、わしもここにいる弥十郎もよくぞんじているのを、忘れるではないぞよ」

空穂助にむける源右衛門の怒りは、並みではなかった。

「是非もないわい——」

ことの意外な推移を目前にして、弥十郎が重苦しい顔でつぶやいた。

「弥十郎、わしはお屋形さまがどれほどご機嫌を悪くされようとも、一切をお耳に入れ、お指図を仰ぐつもりじゃ。明日は空穂助と平蔵だけを座敷にとどめ、門人どもにすべて休みをとらせ、真相を糾明《きゅうめい》いたす。わしとて場合によれば、お屋形さまから破門をもうし受ける覚悟じゃ。そこを承知しておいてもらいたい」

菅沼弥十郎から一切をきかされ、平蔵はわあっと叫びたいほどの衝撃を受けた。

平蔵の顔がここできっとゆがんだ。

「さてはそなた、空穂助がもうした通り、不義密通とはいわぬまでも、御督様をなにかの理由で強請っていたのじゃな——」

平蔵の驚きぶりを眺め、普段は温和な弥十郎の顔に、憤りがあふれてきた。

「菅沼さま、わたくしが御督様を強請っていたとは、誤解もあんまりでございまする。御督様はあのようにおやさしいお人柄。わたくしの親許の暮らしぶりをご心配くださり、おりおりみなさまにも内緒で、お金をお恵みいただいていたのは、まことでございまする。いつもいつもありがたく思うておりました。おかげさまでこのわたくしも、どうやら古筆家でのご奉公がかなえられてまいりました。それを不義の密通のといわれますれば、わたくしはどうあれ、御督様の立つ瀬がございませぬ。お居間でご謹慎とは、お気のどくなご処置。わたくしが腹をかき切っても、御督様のご潔白を証明いたさねばなりませぬ——」

平蔵は目をつり上げて片膝を立て、弥十郎に叫んだ。

御督様が広い屋敷の居間でうなだれている。了延の嫡男市太郎が、義理の母を案じ、隣の部屋でようすをうかがっているともきかされた。

平蔵は以世が謹慎させられている部屋に走っていき、両手をついて詫び、了延の面前で割腹したい気持だった。

その決意のほどが、弥十郎には明らかに見てとれた。

「平蔵、いまの言葉、神仏にかけて確かじゃな。決して嘘いつわりはならぬぞ」

このときだけ、かれは平蔵を恫喝《どうかつ》する口調になった。

「菅沼さま、わたくしに神仏などはどうでもよろしゅうございます。わたくしを見出してくださいましたお屋形さまと源右衛門さま、またこれまでなにかにつけわたくしをかばってくださいましたあなたさまにかけて、身の潔白をお誓いいたしとうございまする」

平蔵の言葉には、かれらしい不退転の決意がにじんでいた。

「平蔵、神仏より、お屋形さまやわしに誓ってともうしおったな。こ奴——」

「はい、確かにさようもうし上げました」

いつしかかれの顔は赤味をおびており、胸の中では、自責の念と不義の汚名をきせられた怒りが、沸騰《ふっとう》せんばかりであった。

「わしはそなたの言葉を信じよう。それは源右衛門どのとて同じのはずじゃ。打ち明けてもうせば、いま源右衛門どのは、そなたにいつも意趣をいだく空穂助を責められ、その暮らしぶりについても、さらに文句をつけておられる。御督様のお慈悲の行いを、お屋形さまがおききになれば、褒《ほ》められこそすれ、よもやお叱りにはなるまい」

弥十郎はいつものおだやかさにもどっていた。

つぎに大きなため息をつき、立ち上がった。

「やれやれ、空穂助は人騒がせな奴じゃ」

「菅沼さま、わたくしはいかがいたせばよろしゅうございましょう」

まだ身体を堅くしたまま、平蔵は手をつき、弥十郎の顔を仰いだ。

「これより源右衛門さまと相談いたし、お屋形さまに仔細《しさい》を言上してまいる。それまでしばらく、そのまま待つがよかろう。構えて身勝手はなるまいぞ。そなたに腹でも切られたら、それこそお慈悲をかけてくだされた御督様に、心ならずも汚名をきせることにあいなる。よいな」

弥十郎は再びきびしい表情にもどり、かれに命じた。

御督様はいまごろ、どんなお顔で居間に坐っておいでになるのか。以世の哀しげな顔とお美和のそれが、平蔵の目の奥で一つに重なった。

古筆家に奉公してからのさまざまなできごとが、同時に明滅し、胸が熱くなってきた。

どれだけ時間がたったのか、足音が近づいてくるのに気づき、平蔵ははっと姿勢を正した。

すでにかれは、了延からどんな処置を命じられても、それを受ける気持になっていた。

——自分に下されるのは、おそらく破門にちがいあるまいが、再びもとの身分にもどればいいのだ。

お美和との距離が、ぐっと近づいた感じであった。

かれが自分にいいきかせたとき、部屋のふすまがすっと開かれた。

源右衛門の姿がまずのぞき、かれの後ろに了延と以世、さらに弥十郎の顔がうかがえた。

平蔵は平伏したまま、四人をむかえた。

了延と以世が、床を背にして坐る気配がとどき、平蔵は内心、ほっと安堵《あんど》の息をついた。

以世に咎《とが》めのないことがわかったからだった。

「平蔵、お屋形さまに顔を上げろ」

源右衛門の言葉にしたがい、かれはおずおず顔を上げた。

かれの目前で了延と以世が微笑していた。

「このたびは平蔵、どうやらそなたにつらい思いをさせたようだのう。これは妻の以世にも同じ。以世はわしに、大事にされているお弟子さま、行く末がよかれとはからうは古筆家の妻の役目、されどお屋形さまに無断でいたし悪うございましたと詫びおった。

されど悪いのはこのわしじゃ。空穂助にはいまほど破門をもうしわたした。破門はすぎるとも考えたが、古筆家の信用をそこねる大変な不埒《ふらち》のほどが、源右衛門の口からわかったからじゃ。これから空穂助の親父どのとも、あれこれ相談いたさねばならぬ。ことと次第では、京都所司代さまどころか、わしが江戸に出むき、寺社奉行さまに釈明いたさねばならぬ事態にもなりかねぬが、とにかくわしは、穏便にすませるため、力をつくすつもりじゃ。それもそれだが、わしは今日からそなたに、年四両の扶持をとらせようと決めた。先ほどわしは、そなたの新しい門出を祝う気持で、一首の歌を詠んだ。古筆家は歌詠みの家ではなし、極《きわめ》の紙に書いたが、まあ読むがよかろう」

了延は懐から四つにたたんだ紙を取り出し、平蔵の前に広げた。

――雪をのせ　寒かれ四季の禍《わざ》あれど　巌《いわお》に似合へ　これからの松

巌は古筆家、これからの松とは平蔵を指している。小声でこれを読み上げる平蔵の目が、熱くうるんできた。

天路の枕

国棄《す》てた年月に合う雁の数

深い霧

すべてが乳白色でおおわれている。

雨戸を戸袋にくると、庭もまだ濃い霧の底に沈んでいた。

物音に驚いた雀《すずめ》たちが、かしましく囀《さえず》り、ぱっと霧の立ちこめる朝空に飛び立っていった。

広い庭の隅にすえられた平安時代末の石塔が、おぼろに眺められた。

重蔵《しげくら》清十郎の亡父七良左衛門《しちろうざえもん》が、若いころご領内、篠山《ささやま》藩領の北につらなる多紀連山の最高峰・三嶽に近い村から、ゆずり受けてきたものだった。

七良左衛門は清十郎が十一歳のときまで、京留守居役をつとめていた。

丹波篠山藩は五万石。当代の青山忠裕《ただやす》は天明《てんめい》五（一七八五）年九月、短命に卒した兄忠講《ただつぐ》のあとをつぎ、同時に従五位下下野守《しもつけのかみ》に叙任された。

この二年前の同三年十二月、京では芭蕉《ばしょう》百回忌追善俳諧《はいかい》へ出座し、召波《しょうは》十三回忌集『五車反古《ごしゃほうぐ》』を編んだ与謝蕪村《よさぶそん》が、六十八歳の波乱にとんだ生涯を終えていた。

画俳の二道をきわめ、俳諧中興の祖といわれた与謝蕪村の住居は、篠山藩が京屋敷を構える烏丸《からすま》六角下ル西から、南にさほど離れていない烏丸仏光寺西入ル。かれの門弟としてその末席につらなる七良左衛門が、同門の武蔵《むさし》川越藩の京留守居役樋口源左衛門(道立《どうりゅう》)とともに、あわただしく葬儀の采配《さいはい》をふるったことを、九歳になっていた清十郎は、いまでもはっきり覚えている。

そのせいか、清十郎も俳句をひねるのが嫌いではなかった。

亡父の七良左衛門が京での役目を解《と》かれ、国許に呼びもどされたあと、大蔵奉行につかされたのは、十八歳の藩主忠裕の襲封《しゅうほう》にともなうもので、清十郎は十一歳になっていた。

大蔵奉行には、二百五十石以上の上士四人が、二組にわかれ月番で当たる。藩庫を管理し、禄米《ろくまい》の配分を行うのであった。

丹波は山国、篠山領は大小の山々に囲まれ、東西約四里、南北約一里のお城下は、盆地にひろがっている。お城は関ヶ原合戦後、大坂にそなえ、徳川家康の命で築かれた。だが天守台まで作られながら、あとは果たされなかった。

家臣の多くは、お城の南北と西に住居を構え、重蔵家は巽《たつみ》御門のかたわらにあった。屋敷の前にお城の南外堀がすぐ眺められ、三の丸御殿や高々と築かれた天守台、本丸御殿などの建物が、間近に迫っていた。

「父上さま、京とはちがい、お城下は霧が深うございますなあ。なにゆえこうでございまする」

篠山城下で初めての朝を迎えた清十郎は、切れ長の目を見張り、父の七良左衛門にたずねかけた。

「丹波とは丹《あか》い波とも訓《よ》まれるそうな。波は霧をいい、丹とはそれに朝陽や夕陽が射すさまをもうすのだと、わしはきいておる。ここには二百をこえる山が連なり、小高いものを加えれば、おそらく千以上になるであろう。ところが三百丈（約千メートル）をすぎる山は一つもない。お城下の北に連なる多紀連山、主峰の三嶽が一番。南の弥十郎嶽がせいぜい高い山じゃ。いずれも京の比叡山《ひえいざん》や愛宕《あたご》山の高さにもおよばぬわい。山が低いため、谷もさほど深くなく、山々の間に大小の盆地がひろがっておる。篠山、園部、亀岡《かめおか》、綾部《あやべ》、福知山、氷上の六つが主たる盆地。これから国許で暮らすことになるそなたも、よく心得ておくがよかろう。この地は京に近いため、平安の昔から皇室や摂関家、ついで公家や社寺の領地が多かったともうす。また平安から室町時代にかけ、三嶽の山中には山岳仏教が栄えていたそうで、わが家の庭にすえた石塔はその名残の品じゃ」
若年のときから、そんな古蒼《こそう》をおびた品に心ひかれるものを備えていただけに、七良左衛門は俳句にも魅せられたのであろう。

青山氏の家祖は、藤原師賢《ふじわらもろかた》（花山院堀川）と伝えられている。師賢のあと、蔵人佐《くらんどのすけ》師重が上野国《こうずけ》吾妻郡《あがつま》青山の郷に移住、以後、青山を氏とした。

子孫が三河に移り、数代をへて忠成が徳川氏に仕えて一万石を給され、その子の忠俊は、元和《げんな》元（一六一五）年武蔵国岩槻《いわつき》四万五千石に封じられた。かれのあと各地を転封して続いた。だが宗家の嗣子が夭折《ようせつ》したため、享保《きょうほう》十五（一七三〇）年九月、支族の摂津国尼崎城主、青山幸督《よしすけ》の二男として生まれた忠朝《ただとも》が宗家に迎えられ、丹波国亀山（岡）藩五万石をつがされたのである。

青山忠朝が亀山藩から隣りの篠山藩に入封させられたのは、十八年後の寛延《かんえん》元（一七四八）年。篠山藩主の松平（形原）信岑《のぶみね》が、代わって亀山藩に入封した。

篠山藩は忠朝のあと忠高、忠講とつづき、つぎに忠高三男の忠裕が、兄忠講の死で藩主についたのであった。

忠裕が篠山藩を領した当時は、浅間山が噴火、二万人の死者を出した二年後で、〈天明大飢饉《だいききん》〉の最中に当たっていた。同二年から七年にかけ、日本全国が凶作に見舞われている。

東北では、夏に綿入れを着ても寒く、一粒の米も実らなかった。同地方と西国各地の餓死者は、六年間で百万人をこえたと推定されるほどだった。

丹波は山国だけに寒冷地が多く、霧をはじめ雨や降雪もひどく、農民は厳しい自然環境での農作を強《し》いられていた。

丹波各地の諸藩は、不作にもかかわらず年貢を納めさせるばかりか、その増徴を求め、反対の強訴《ごうそ》が絶えなかった。

こんななかで篠山藩領の農民たちは、早くから裏作に見切りをつけ、摂津の酒造地、灘《なだ》五郷へ「酒造出稼ぎ」に出かけた。忠裕の父忠高の時代から出された出稼ぎ禁止に反発し、藩の御用所となにかともめつづけ、決着がつかなかった。

農民たちは農閑期、摂津地方に出稼ぎに行って得た労銀で、年貢を納めたいと主張していたのだ。

この問題について御用所では、国家老青山総左衛門や蜂須賀監物を始めとして、郡《こおり》奉行、勘定奉行など重職たちの意見は、いつも決まっていた。

「ご当家が亀山を領していたころは、冬季といえども、他国への出稼ぎはついぞなかったときいておりまする。気候不順で不作、また土地柄にもよりましょうが、当地の作柄不十分は、冬季、百姓どもが労銀ほしさのため他国へ出稼ぎにまいり、農作に力を入れないところに原因がございまする。積雪は亀山領とて同じ、福知山領ともなれば、なおさらでござろう。ご領内の積雪多しをもって、出稼ぎの理由にはなりませぬ。農地とは、手をかけてやればやるほど豊かな恵みをもたらすもの。その場かぎりの労銀に目を眩《くら》ませるのはもってのほか。厳しく禁じるべきと、てまえは考えまする」

郡奉行も大蔵奉行と同じで、四人が二組にわかれ、月番だった。四人のなかで父のあとをつぎ同職の末席につらなる竹田伝兵衛が、三十八歳と若いだけに、いつも「酒造出稼ぎ」禁止の先鋒《せんぽう》だった。

昨年の寛政《かんせい》十（一七九八）年二月、重蔵清十郎は二十四歳で父七良左衛門を失い、若年ながら大蔵奉行についていた。かれは御用所大広間の隅で、いつも鮮やかな弁舌をふるう竹田伝兵衛の話にきき入っている。

母親の寿賀《すが》は、かれが十七歳のとき、風邪をこじらせて卒し、翌寛政四年一月、清十郎は将来大蔵奉行につく人物として、御用所の年寄衆、城代の上田仲左衛門から、郡役所への出仕を命じられた。

「そなたの在国、京からもどりすでに七年におよぶが、廻村《かいそん》して領内郡村のありさまをつぶさに見届けるのは、将来なにかと益になろう。役料として五石二人扶持《ぶち》をとらせる。

郡奉行竹田伝兵衛の指図にしたがい、お役目を果たすがよい」

当夜、重蔵家では、かれのお役拝命を祝い、赤飯が炊かれ、父子二人に加え、親戚《しんせき》数人もまじえ祝宴が開かれた。

「ご内室さまがご存命でございましたなら、どれだけお喜びやら。たっつけ袴《ばかま》にぶっさき羽織をつけた若旦那《わかだんな》さまのお姿を、お見せいたしとうございました」

清十郎が生まれたときから重蔵家で下僕をつとめる源助とおたねの老夫婦が、二人して目を拭《ふ》いてつぶやいた。

「清十郎が御用所から役料をいただき、郡役所に出仕いたすまでになれたのも、ひとえにそなたたち夫婦のおかげじゃ。なにしろ清十郎は京で生まれ、十一歳のときまで彼の地ですごし、軟弱でお国柄にもうとかった。そなたたちがなにかと世話をやいてくれなんだら、いつまでも青白い顔のままで育ち、家中の笑い者になっていたであろうよ。差し出がましいが、わしから厚く礼をもうす」

亡母の兄で足軽目付をつとめる小坂八郎右衛門が、鋭い目に笑みをにじませ、源助夫婦にねぎらいの言葉をかけた。

「いいえお目付の旦那さま、わたしどもなどなにをしたわけでもございませぬ。せいぜい山にご案内して茸《きのこ》を採《と》ったり、篠山川にお連れして、釣りを覚えていただいたぐらいでございます。清十郎さまは十三のときから、実は魚屋町で町道場を開いておいでの肥後坂蔀《しとみ》さまの許に、こっそりお通いなされておりました。すでに目録をいただいておいでになるはずでございまする」

「な、なんと。足軽目付をつとめるわしともあろう者が、それは知らなんだ。肥後坂から目録を許されてじゃと」

八郎右衛門の顔には、賛否いずれともとれる驚きの表情が浮かんでいた。

肥後坂蔀は、亀山に転封した松平信岑の旧臣。家中一同が亀山に移るなかで、主家に致仕を願い出て、篠山城下にとどまった。

すでに四十数年も前のことだが、以来、かれは篠山藩の許しを得たうえ、お城下の魚屋町に町道場を開き、門をたたく者に東軍流の剣を教えてきた。

東軍流の流祖は、越前朝倉氏の支族川崎鑰之助《かぎのすけ》だといわれ、祖流は中条兵庫助長秀の中条流。さらに富田《とだ》長家の富田流の剣統をうけついでいる。印可皆伝をうけた高松藩士奥村権左衛門から、赤穂藩の国家老大石内蔵助《くらのすけ》や大石瀬左衛門、潮田又之丞などの人々が、東軍流の剣を学んだという。

この流派の奥義について簡略に記したものは、宝暦《ほうれき》年間（一七五一～六四）近江《おうみ》小室藩、京屋敷の用人をつとめた武士、俗名西垣源五左衛門、法号浄観が著した『浄観筆記』だろう。

写本としていまに残る『浄観筆記』は、かれが見聞した京洛《けいらく》のさまざまな出来事を筆録したものだが、ここに東軍流の奥義がのべられている。

——抜かぬとみせて斬《き》り、抜けば死するを覚悟して敵に討ちかかるなり。敏速と沈着冷静を重き旨とし、捨身が流儀の極意なり。水の如きをもって善《よし》とす。

赤穂浪士として主君の仇を討った大石内蔵助は、まさしくこの極意にもとづき、宿《しゅく》怨《えん》を晴らしたことになる。

十八歳の清十郎が、狷介《けんかい》な人物として家中の人々から忌《い》み嫌われる肥後坂部から、ひそかに東軍流の目録を授けられているとは、父親の七良左衛門も初めて耳にする話で、全く意外だった。篠山藩の剣術指南役一瀬《いちのせ》修蔵の道場に通い、小野派一刀流を学んでいるものとばかり思っていたからであった。

七良左衛門は以前に比べて色も黒く、逞《たくま》しくなったわが子にちらっと目を這《は》わせ、なにか得体の知れぬ不気味なものを感じた。

清十郎をいつまでも子ども扱いにしてきたのは間違いだった。御用所での多忙にまぎれ、家内《いえうち》に目を配るのをおろそかにしてきたが、わが子は十八歳にして、穏和と評される自分の手の届かないところに行ってしまっているのだ。

義兄の小坂八郎右衛門と一瞬目を合わせただけで、七良左衛門は押し黙った。顔をこわばらせ、黙々と盃《さかずき》を空けつづけた。

父親だけにわが子の清十郎が、どうして肥後坂部に魅せられ、目録をうけるほど腕を磨いたかぐらい、察しがつけられた。

一口でいえば、年齢の隔たりはともかく、世間から疎《うと》んじられた二人の人間が、肝胆相照らして結ばれたのだ。

京で生まれ育ち、十一歳で国許にもどった清十郎には、父親が大蔵奉行の要職についたとはいえ、心を打ち明けて語れる友達がいなかった。

父親の要職が、清十郎に友を近づけなかったともいえる。同年輩の子どもたちは、なにかとかれを遠ざけ、白い濁酒のなかに垂らされた墨汁の一滴は、容易にまじわらなかった。そしていつしかかれは、衆になじまぬ人柄をつくりあげたのであろう。

このあと八郎右衛門が気をきかせ、当日祝宴に参会した親戚一同に、清十郎が肥後坂部に師事していることを、決して誰にも口外いたすまいとの指図を与えた。

旧主の転封にともない致仕した肥後坂部には、六十歳をはるかにすぎたいまでも、奇怪な噂《うわさ》がささやかれていた。

若かったころ、かれは江戸に在府していた。だが三年後、国許にもどってきて妻の不義を知り、彼女をひそかに斬り捨て、病死と藩庁に届けたというのである。

「真偽はともかく、一旦《いったん》たてられた噂は、終生つきまとうものじゃ。家督をつがせるべき子がなければ、致仕いたそうと考えるのもうなずける。どこにいても、居心地が悪かろうでなあ。わしでもさようにいたすぞよ」

「いやいや、松平家で近習頭をつとめていた肥後坂部には、四つにあいなるかわいい女児がおったそうじゃ。だが亀山へ転封が決まった直後、誤って屋敷の井戸に落ち溺死《できし》したと、わしはきいておる。これとて、いかようにでも考えられる顚末《てんまつ》じゃ」

四歳の女児は、不義の子としてかれ自らが片付けたといいたげにきこえた。

この会話は、蔀が篠山領に転封してきた青山家の御用所に、住み馴《な》れた土地にとどまり、町道場を開いてすごしたいとの願いを届けてきたとき、重職たちの間で交わされたものだった。

「奇怪な噂はともかく、青山家の為政に逆らうことなく、堅く藩令を守り、家風に馴染んで暮らすと、誓書までそえての願いじゃ。われらとて、きき届けぬわけにもまいりますまい。こうした例は全国諸藩、国替えのたび珍しくもございませぬ」

当時の大目付飯沼彦右衛門の一声で、肥後坂部の城下在住は許されたのである。

表だって異を唱える重臣はなく、全員が口をつぐんでいた。

かれが開いた町道場は、親しくしていた魚屋町の糸問屋が、老朽化した荷倉の一つを提供し、床だけが厚板に張り替えられた代物《しろもの》だった。

日常の生活は、荷倉に付属する小部屋が用いられていた。

青山家への遠慮のためか、まないたほどの小さな看板に、「東軍流剣術指南」と書かれた道場へ、家中から入門する者は一人もなかった。せいぜい腕自慢の若い町人か、帯刀を許された在郷庄屋《しょうや》の子弟が、訪れるぐらいだった。

「魚屋町の肥後坂道場では、束脩《そくしゅう》は大根や豆でもいいそうじゃ。米麦ならなおのこと。小粒銀一つ持参いたせば、永代門人として丁重に扱われるときいたが、それはどうやらまことらしい」

「東軍流も大根やごぼうにはかなわぬか――」

篠山城下で新しく暮らしはじめた青山家中の侍たちは、肥後坂部の貧窮をなにかと侮《あなど》っていた。

だが藩の剣術指南役の一瀬修蔵や重蔵清十郎の伯父・足軽目付の小坂八郎右衛門ら腕におぼえを持つ藩士は、かれに一目置いていた。

お城下の道で出会っただけで、身を堅くさせた。

洗いざらしたきものに古びた袴をつけ、白い蓬髪《ほうはつ》をものともせず、飄然《ひょうぜん》と前方から歩いてくる蔀の姿に、なんともいえぬ殺気を感じるからであった。

数人が同時に斬りかかっても、数度、刀を打ち合わせるだけで、斬り捨てられることがわかっていた。

「どこで肥後坂蔀に出会おうとも、軽んじた態度を取るではないぞよ。お城下の道が狭ければ、よけて譲り、先に通すのじゃ。軽んじて対せば、ひどい結果になる。一同、相わかったな」

門人たちの侮りをきいた一瀬修蔵は、かれらに厳しくいい渡した。

藩の剣術指南役だけに、かれの言葉は門人たちの口から、たちまち家中に広まった。

重蔵七良左衛門が京から篠山にもどったころ、家中で肥後坂蔀に近づこうとする人物は全くなく、風に吹かれボロ切れが歩いてくるにひとしいかれの姿を見ると、家中の人々はさっと横道にそれるのだった。

そのかれから、あろうことか、清十郎が目録をもらっている。父親の七良左衛門は、郡奉行に出仕し、竹田伝兵衛の下でまず村歩きにつかされたわが子を眺め、毎日、心穏やかでない日を送っていた。

半年から一年もたつと、陽に焼け肌黒になってきた清十郎の顔に、ありありと狷介の気配がのぞき、三年がすぎたころには、すっかり人変わりしていた。

身体つきががっしりし、手足が鞣《なめ》した皮のように強靭《きようじん》なしなやかさを秘め、寡黙《かもく》で目が鋭く、立ち居振る舞いも落ち着いてきた。

「お役目につかれてから清十郎どのは、随分大人におなりじゃ。先日、ご城内で行きちがい、ご丁寧にご挨拶《あいさつ》をいただきましたが、とっさにどなたさまかと戸惑いもうした次第でござる。七良左衛門どのには、先が楽しみでございますなあ」

隣り屋敷に住み、寺社奉行所で祐筆《ゆうひつ》役をつとめる石井武太夫から、屋敷裏の生垣越しに朝の挨拶のあと、たびたび褒《ほ》め言葉をかけられた。だが七良左衛門は、こうした言葉にも率直に喜べなかった。

郡奉行の竹田伝兵衛は、飾り気のない、根は正直な人物だが、直情径行、藩財政立て直しの中心的存在として、領内郡村に対して年貢徴収のほか、司法、監察に辣腕《らつわん》をふるっていた。

かれは、先々代藩主忠高の時代から曖昧《あいまい》にされてきた「酒造出稼ぎ」について、あくまでも断固反対の立場をとっている。

七良左衛門はそのかれの許で、清十郎がうまくやっていけるかどうかを、常々危惧《きぐ》していたのだ。

どちらかといえば、清十郎が伝兵衛の農政に反した考えをもっているのを、七良左衛門は気付いていたからだった。

　もっとも三年がすぎた今では、かれの危惧もだいぶ薄らぎ、清十郎もそこは上手に折り合っていくはずだと考えていた。

「それより武太夫どの、ききましたところ、お娘御の五十緒《いそお》どののご縁談が決まりましたとやら。まことにご祝着、隣りに住まう誼《よしみ》として、なにかお祝いをさせていただかねばならぬと、思案いたしておりまする」

「とんでもない。さようなお心遣いをいただいては、当方が心苦しゅうございます。何卒《なにとぞ》、ご放念くだされ。五十緒の奴は清十郎どのと同じ二十一歳。やっと縁組みがまとまり、これで世間にも顔向けができ、ほっと安堵《あんど》いたしておりもうす」

「世間に顔向けができるとは大袈裟《おおげさ》な。五十緒どのはことのほか容色がすぐれ、家中の男どもが位負けして、尻込《しりご》みしていただけではございませぬのか——」

　彼女は眉目《びもく》秀麗、細身で色白、勝気な蠱惑《こわく》的な目で、じっと相手を見つめる癖をもっていた。

「いやいや、さようにもうしてくださるのは、お奉行どのだけでござる。五十緒が一度だけ仕出かした不始末が、こうまであとを引くとは、思いもしませんでしたわい」

　石井武太夫や重蔵七良左衛門の家は、青山家が亀山に移封してくる前からの譜代衆。

家禄はちがうが、家格は似ており、その親しさから、武太夫は菊の咲いた生垣に近づいて愚痴《ぐち》った。

かれがいう五十緒の不始末とは、彼女が十七歳のとき起こった。

桜の名所と評判されるご領内の駒鞍山に、下働きの女中を供に連れて出かけ、持参した瓢《ひさご》の酒を飲んでいるところを、花見にきた家中の若侍たちに見られたのである。

酔った勢いのかれらにからまれ、あげくは女だてらに両親に隠れ、花見酒を飲むとはふしだらだと、ぱっと悪評をたてられたのだ。

「婚期を間近にした十七の娘が、花見酒を飲みにまいり、なにが悪うございます。五十緒はもう子どもではなし、いちいち父上さまにお伺いをたてる必要はございますまい。それにお酒は大好き。されどいくら飲んでも、殿方のように酔いつぶれはいたしませぬ。父上さまのお叱《しか》りにはしたがいかねまする」

彼女は父武太夫の叱責《しっせき》に、どうしても謝《あやま》らなかった。酒を入れた瓢さえ見付けられなければ、機嫌よく花見ができたのにと、勝気な目に怒りをにじませ、若侍たちの悪酔いをかえって非難した。

非はかれらにあったが、五十緒の道理になど、誰も耳を貸さない。それが原因で彼女はあばずれとの噂をたてられ、婚期を逸してしまったのである。

婚期のおくれた彼女とその容色に目を付け、妻に迎えたいと武太夫に申し入れてきたのは、普請奉行所で勘定方番頭をつとめる小野半右衛門であった。

かれは三十二歳、数年前に妻を失い、五歳になる娘のお糸を老母に養わせていた。

「この縁談、婚期を逸した五十緒の弱味を見越したものと推察され、いささか腹立たしく思わぬでもない。だが小野半右衛門は譜代衆、少々人柄は横着だが、勝気な五十緒にはかえっていい相手かもしれぬ。まことのところ、あれの酒好きは難としても、ともかく人にはやさしく、面倒見のよい女子《おなご》じゃ。先妻どのの子ともうまくやり、下戸ではない半右衛門どののお相手を、そつなく果たしてまいろう。そろそろ仲平《ちゅうへい》の嫁探しをいたさねばならぬからのう。五十緒を先に片付けねば、仲平に縁談がもちこまれまい」

武太夫は妻との間に一男一女をもうけており、かれの胸裏には、半右衛門と五十緒の二人が、すでに仲良く盃をやり取りしている姿が浮かんでいた。

父親からこの話をきかされた五十緒は、しばらく白い顔を伏せ膝元《ひざ》に目を落していたが、意外にあっさり承知したのであった。

彼女と半右衛門の祝言《しゅうげん》は、年内にあわただしくすまされた。

翌寛政八（一七九六）年、清十郎の郡役所出仕も四年目を迎えた。藩の御用所ではいよいよ領民の「酒造出稼ぎ」について、はっきり決着をつけねばならぬとの声が起こっていた。

清十郎は二十二歳。お城下から村廻りの服装《みなり》で一度出立すると、短くて五日、ときには十日も巽御門に近い屋敷にもどってこなかった。

篠山藩は多紀郡内に主だった領地があり、その村数は百九カ村。ほかに桑田郡内に三十五カ村。摂津国嶋下郡太田村、同亀原郡に新在家村と稗田村の二村。ならびに同菟原郡に二カ村をもっていた。

各地に代官、郡方《こおりがた》、郡同心を配して、農耕や炭焼き、さらには国焼きとして有名な丹波焼きの奨励監督に努めさせ、藩財政の回復に励んでいた。だが天明の大飢饉以来の財政逼迫《ひっぱく》は、容易に回復しなかった。

同藩では、転封後に農村支配にもうけた「五人組仕置書」についで、天明七（一七八七）年、農民の私生活を制限する「天明七未《ひつじのとし》年改村御定目」を発している。

日本各地の農村では、なにかと年中行事が多いものだ。

篠山藩の御用所では、こうした祭事や仏事に用いられる酒にも、一升、また二升切《きり》と制限をもうけ、嫁取りや聟《むこ》取りには豆腐の吸物汁一膳《ぜん》切、酒二献。肴《さかな》は菜のひたしものだけなどと、倹約を強《し》いていた。死亡の節は飯酒なし、ただし村香典は酒二升、嫁の土産餅《もち》くばりは無用とまで、厳しい十八の御定目をもうし渡していた。

耕地の増加を督励するのはいうまでもなく、御定目にそむけば、会所で庄屋御叱りのうえ、容赦なく吟味牢《ろう》にたたきこんだ。領内追放、庄屋御取り上げ、肝煎《きもいり》御取り上げ、過料などの処分は、領内全域で日常茶飯のこととして起こっていた。

領内の村数は約百五十カ村。山国だけに各村は、山間の僻地《へきち》に小さくひろがり、平均すれば一村が約三十戸、村人は男女合わせて百五十人ぐらいだった。

郡奉行竹田伝兵衛配下として重蔵清十郎は、上・中・南と三つに分けられた領内の各村をめぐった。農耕をすすめ、年貢の取り立てにつとめ、つぶさに領内の実情に接してきた。

村から村に移るとき、かれは豊かな水を瀬戸内の海に運ぶ渓谷の岩や、峠の石に腰をおろし、よく青い空を見上げた。

いつも四季おりおりの景色が、かれのまわりでひろがっていた。

深い山中から不意に猿の群れが現れたり、ときには白昼、狼《おおかみ》の遠吠《とおぼ》えすらきいた。

——山路きて稗《ひえ》の粥《かゆ》食ふ板庇《いたびさし》

——月の夜やわらじに痛し雪の道

——音たてて椿《つばき》の落ちる夜寒かな

——蛍呼ぶ声一つあり谷の村

かれは村廻りに出かけるおり、いつも小さな句帳を懐にしのばせていた。山路きての句は、山村の貧しい生活をほうふつと浮かび上がらせ、かれが農民の暮らしに同情を寄せている気配が、よくうかがわれる。

石井五十緒の祝言《しゅうげん》は、十日余り、清十郎が村廻りに出かけた最中に行われた。

「昨年の暮れ、石井武太夫どのの娘御、五十緒どのが、普請奉行所勘定方の小野半右衛門どのの許に嫁がれたぞ。京からこの国許にもどったあと、そなたは五十緒どのに二度ほど、雛《ひな》の節句に招かれたわなあ。思い返せばすでに十年余も昔のことじゃ。そなたも小坂の伯父御の許に、なるべく顔を出さねばならぬ。その気になってもらわねばのう」

七良左衛門は五十緒の祝言を告げ、清十郎をうながした。

かれは五つ歳下の八郎右衛門の娘、いとこの翠《みどり》と、双方の親が決めた許嫁《いいなずけ》の仲であった。

父親から五十緒が嫁いだときかされたとき、清十郎はさようですかとつぶやいたきり、口をつぐんだ。ぷいと顔を横にむけ、座敷の外に目を這わせた。

おりしも鉛色の空から雪が舞いはじめ、それは庭の隅に置かれた石塔を、見る間に白く変えていった。

——雪寒や頬《ほお》合はせたる女嫁《ひと》ぐ

五十緒から雛まつりに招かれ、白酒を無理強いされた少年の日の光景が、ふとかれの眼裏《まなうら》をかすめた。

顔を赤らめ、ぼうと頭を混濁させて横たわると、五十緒の母親が現れ、自分の身体に薄布団をきせかけてくれた。そのとき五十緒が、目を閉じ荒い息を吐く自分の頬に、そっと頬をすり寄せてきたことが、胸に疼《うず》きをともない思い出されてきたのである。

清十郎の顔は、雪を見つめたまま苦渋をきざんでいた。

「先日、ご重職衆に呼ばれ御用所にまいったが、そのおりご城代の上田仲左衛門さまから、そなたの郡役所でのつとめも四年になる。ご領内郡村のようすもおよそわかったはずじゃ。そろそろ親父どのの役目をつぐ用意をいたさせねばならぬ、とのお言葉をいただいたわい。郡奉行の竹田伝兵衛どのからも、その旨のご進言があったそうな。いずれご下命があろうで、そなたもよく心得ておくがよかろう」

「さようでございまするか——」

さすがに清十郎は、父親の言葉に顔をもどした。

だがなぜか喜びに欠ける表情だった。

「そなた、なにか得心せぬことでもあるのか。あるならもうせ」

かれの顔付きに気付いた七良左衛門は、眉《まゆ》をかげらせてたずねた。

「いいえ父上さま、わたくしに別条なにもございませぬ」

「ご城代さまが仰せられていたが、竹田伝兵衛どのはそなたをことのほか褒められ、七良左衛門どののご子息は将来、藩政の大事を負って立つ人物になろうとまで、口にいたされたそうな。それをきいて、わしはほっといたしたわい」

七良左衛門は、清十郎に郡役所へ出仕の沙汰《さた》がおりたときの祝宴で、肥後坂部から東軍流の目録を許されているときき、顔に危惧のかげを刻んだが、そんなこともすっかり忘れた口調であった。

当の蔀は二年前、高齢のため衰弱死していた。もはやかれに憂うべきことはなにもなく、翠との祝言だけが待たれた。

ほどなく年が改まり、清十郎は二十三歳になった。春から夏を迎えたが、御用所から役替えのお沙汰は一向になかった。

この秋、七良左衛門が病を得て倒れ、翌年二月、看病のかいもなく没した。

清十郎は父の死を京に住む蕉門の樋口源左衛門に伝えている。折り返し、源左衛門は、七良左衛門の死を悼《いた》む丁重な手紙を寄せてきた。

——西空に手向《たむ》けん春の花ひとつ
手紙の最後に弔句《ちょうく》が記されていた。

「この広いお屋敷に、若旦那さまとわたしども夫婦だけとは、いかにも淋《さび》しゅうございますなあ」

清十郎が喪主となり、亡父の葬式を下立町の菩提寺《ぼだいじ》・来迎寺ですませた翌日、下僕の源助がしみじみとした声でもらした。

藩の御用所から大蔵奉行見習の沙汰がきたのは、当日であった。

「喪中なれども、謹んで拝命つかまつりまする」

清十郎は白装束姿のまま、城代上田仲左衛門からの使いに両手をついた。

大蔵奉行は襲職。御用所で行われる藩政の評定には、見習といえども他の奉行同様、列席しなければならなかった。

評定の席でかれは、いつも口をつぐんでいた。いくら城代や竹田伝兵衛から将来を嘱望されていても、出る杭《くい》はうたれると、二十四歳の知恵が発言をひかえさせていたのである。

最近、清十郎の表情は、評定の席に坐るたびにさえなかった。

「旦那さま、ご不幸なことでございまする」

新しく雇い入れた中間《ちゅうげん》の藤吉をしたがえ、清十郎は城中から屋敷にもどってきた。今日もきのうにつづき、「酒造出稼ぎ」禁止をどう徹底させるかを評定してきたのだ。

「源助、いかがしたのじゃ」

長屋門の内側で自分を出迎えた源助に、かれはたずねかけた。

庭のもみじが色づきかけている。

そろそろお城下が、霧につつまれる季節になっていた。

「は、はい。今朝ほどお隣りの五十緒さまの嫁がれました小野半右衛門さまが、お亡くなりになったそうで」

老いを浮かべた源助の目が、哀しそうにしばたたいた。

「なにっ、半右衛門どのが死なれたとな。病で臥《ふせ》っておいでになるとは、ついぞきかなんだぞ」

「それでございます。実はとんでもないことで——」

源助は理由《わけ》ありげに口ごもった。

「その仔細《しさい》は居間できくといたそう。すぐにまいれ」

清十郎はあわただしく草履《ぞうり》をぬいで居間に急ぎ、裃《かみしも》をつけたまま源助を待ち構えた。

台所口から廻ってきたかれが、居間の外にひかえた。

「源助、遠慮いたすな。なかに入るがよい」

「ではお言葉にしたがわせていただきます」

居間の床には、亡父が師事してきた与謝蕪村筆の「闇夜《あんや》漁舟図」が掛けられていた。今朝、清十郎の手で取り替えられたものだった。

「さきほどの話じゃが、とんでもないこととはなんじゃ。小野家に何事か起こったのか。もうせ」

清十郎は妙な胸騒ぎを覚えてたずねかけた。

「小野半右衛門さまが亡くなられたのは、今朝ですが、実は昨夜の戌《いぬ》の刻（午後八時）ごろ、上西町の妙福寺のかたわらで、何者かに胸や腹をめった突きにされたのだそうでございます。路上に倒れておいでになるのを、町方の夜廻りに見つけられ、六間町のお屋敷へ運ばれたのだともうします。さっそく医者が招かれ、手当てがほどこされましたが、なにしろいくつもの深傷《ふかで》、明け方ついにお亡くなりになったとききおよびました」

声をつまらせ、源助は清十郎に告げた。

上西町の妙福寺は、西外堀の近くにあり、小野半右衛門は御徒士町《おかちまち》筋を南にたどり、坤《ひつじさる》御門の外にある屋敷にもどろうとしていたのであろう。

「それで何者が半右衛門どのを刺したのじゃ。下手人は捕らえられたのじゃな」

「いいえ、それはまだ。なんでも半右衛門さまはおびただしい血を流され、ご老母さまや五十緒さまがいくらお声をかけられても、最後までお気を失われたまま、ご他界のよしにございます。傷口を改めた大目付さま手先の衆によりますれば、胸や腹の刺し傷はめった突き。おそらく武芸の心得などない者の仕業にちがいないとのことでございました」

「するとこれは、半右衛門どのに怨《うら》みをもつ者の仕業――」

小さな声でつぶやいた清十郎の胸裏で、十七、八のときはからずも見てしまった一つの昏《くら》い光景が明滅した。

石井家に雇われていた二十すぎの中間が、夜中、風呂敷《ふろしき》包みを表に放り出され、当主の武太夫に小声で罵倒《ばとう》されていたのだ。

長屋門の内側から、五十緒のすすり泣く声がきこえていた。

「その薄汚い顔を、再びわが家に見せるではない。主家の娘にいい寄るとは、とんでもない下郎じゃ。命を助けられただけでも幸いと思え」

小声の罵倒は怒りでふるえていた。

清十郎は厠《かわや》に行き、隣家の変異に気付き、思わず物音を追い、表の声を耳にしたのである。

若い中間と五十緒の間になにがあったのか、清十郎にもおよその察しがつけられた。

中間の名前は又蔵ときいていた。

奔放なところがうかがえる五十緒。子どものころからなんとなく魅《ひ》かれるものを感じていた。それだけに清十郎の胸には、男女二つの身体がからみ合う姿が、熱い憤りをおびて浮かんできた。

石井武太夫は、主家の娘にいい寄るとはといっているが、真相はそうしたものではないはずだ。自分の妄想ではなく、清十郎にはあれこれ思い当たることが数えられた。

いずれにしても、ふしだらな女だと思わないでもない。だがかれにとっての五十緒は、いまもなおどこか魅かれる気がかりな女性だった。

なに一つ武芸の心得などない者の仕業。物盗りでないとすれば、あのとき石井武太夫から罵声を浴びていた中間の又蔵が、五十緒の白い身体をほしいままにする小野半右衛門に逆恨みをいだき、凶行におよんだとも考えられてくる。

「旦那さま、いまなにかもうされましたか」

源助が清十郎に問いかけた。

「いやなんでもない。されば源助、ここ数日、隣家に遠慮いたし、屋敷内で高声をあげるではないぞよ。それをみなによく伝えておけ」

清十郎は立ち上がり、裃を脱ぎにかかった。

五十緒にとってはなさぬ仲の子を残し、非業に死んでいった夫の半右衛門。その老母をかかえ、五十緒がこれから小野家でどう生きていくのか、かれの胸が粟立《あわだ》つように騒いだ。

つぎに彼女を哀れむ気持が、じわっとわき上がってきた。

その年の秋、篠山城下は連日、濃い霧におおわれた。

冬は深い雪にとざされ、やがて新しい年を迎えた。

京に比べ、この土地では春の訪れがおそく、春は霧とともに到来するのである。

清十郎が雨戸をくるのをききつけたのか、前掛け姿のおたねが居間の外から、旦那さまお目覚めでございましょうかと声をかけてきた。

「おおおたねか。わしはいま起きたところじゃ」

「それではお早うございます。お居間に入らせていただきます」

彼女は片膝をつき、居間の襖《ふすま》を開けた。

台所の方から味噌汁《みそしる》の匂いがただよってきた。

「おたね、そなたはいつも元気そうじゃなあ」

「へえ、旦那さまはようお眠りではございまへんどしたんか。雨戸みたいなもん、ご自分で開けはってどないしはりますのや。それはこのおたねの仕事でございまっしゃろ」

夫の源助が武家奉公しているとの自覚から、つとめて言葉を正して用いるのに対し、おたねのそれは、京言葉や国訛《なまり》をまじえたものだった。

「そなたの仕事だとはもうせ、わしでも雨戸ぐらいくるわい。小さなことをいたすに、一つひとつそなたを呼んでいては埒《らち》があかぬ」

「そらそうでございましょうが、大蔵奉行さまともあろうお方が、ご自分で家内《いえうち》の始末をつけているのが世間さまに知れましたら、笑われますがな。少しは奉公人の立場も考えておくれやす。お奉行さまのお役につかはりましてそろそろ一年。大旦那さまの一周忌も無事にすませたことどすさかい、小坂さまのところから、翠さまをお迎えしていただかななりまへん。旦那さまがそうしておくれやしたら、このおたねも大助かりどすわ」

おたねはあとの雨戸を戸袋に納めながら、清十郎に訴えた。

小坂八郎右衛門からは、翠との祝言を再々、催促されていた。

亡父の一周忌を終えてからにしとうございますと、たびたび避けてきており、七良左衛門の一周忌を盛大に来迎寺ですませたあと、八郎右衛門の催促はにわかに激しさを増していた。

「このままいつまでも捨て置かれたら、わしがはなはだ迷惑じゃ。いまではいっそ、七良左衛門どのが病で床につかれている最中でもよかったのにと悔やんでおる」

「伯父上どの、さようご立腹いたされずとも、日取りを決め、今年中には祝言を挙げるつもりでおりまする。いましばらくお待ち下さりませ」

「日取りを決め今年中にだと。されば日取りだけでも即刻決めたらいかがじゃ」

二度ほど強くいわれたが、そのたび清十郎は言葉を曖昧にごし、言質《げんち》を与えなかった。

他の親戚縁者とも相談のうえでとか、役所での御用繁多が口実に用いられた。

実をいえば清十郎の意識の中に、翠の影は薄く、夫の半右衛門を非業に死なせた五十緒の哀れな姿が、いつも強くきざまれていたのである。

小野半右衛門殺害の下手人は、寺社町奉行や家中の上・中士の監察に当たる大目付が、総動員で探索したが、いまも目途《めど》さえついていないありさまだった。

清十郎が、下手人ではないかと推察している中間の又蔵は、石井家から暇を出されたあと、江戸にむかい、消息不明になっているときいている。

石井武太夫の家族たちは、小野家に嫁した五十緒をふくめ、捜査の工合を息をひそめ見守っている気配であった。

——母御も五十緒どのもあの夜のものめごとはどうあっても打ち明けられまい。五十緒

どのは酒を好み、気ままでふしだら。淫蕩《いんとう》な女子《おなご》だと承知している。だがその淫《みだ》らな性

情さえ、わしにはなぜかいたわしくてならぬ。わしもどうかしておる。

清十郎は自分の気持の惑乱を処置しかねていた。

「おたね、わしが翠どのをめとれば、そなたの苦労が軽くなるのはよくわかっている。

だが、祝言はあとしばらく待ってもらわねばならぬ。なにしろわしは、お役目について

まだ一年。大蔵奉行として学ばねばならぬ仕事が多すぎる。加えていま藩の御用所では、

領内百姓たちの出稼ぎの問題にどう決着を下すかで、寧日《ねいじつ》のないありさまなのじゃ。郡

役所で五年余りも村廻りをしてまいった身として、若輩だが、わしとてそろそろ自分の

意見を正しく述べねばならぬ。そこのところを考え、なおしばらく我慢していてくれ。

それくらいよかろう」

戸袋に雨戸をくり終えたおたねに、清十郎は廊下で胡座《あぐら》をかいて説明した。

うっすら庭をつつんでいた朝霧が静かに動き、亡父遺愛の石塔が、蒼古《そうこ》とした姿をは

っきり見せていた。

「旦那さま、百日稼ぎはいったいどうなるのでございまっしゃろ」

清十郎の前に坐りこみ、おたねは表情を堅くさせた。

酒造出稼ぎは、別名「百日稼ぎ」ともいわれていた。

宝暦四（一七五四）年、篠山藩では百日稼ぎに出かける農民に、出国は十月十五日以降。さらに代官や郡代を通じて藩御用所への出願を厳しく課し、違背する者には入牢、もしくは課徴銀を命じた。

抜け稼ぎをする農民が多かったからだ。

かれらには五人組に沙汰を下し、村へ呼び返したり、課徴銀を払えない者には期限をもうけ、武家奉公をさせたりしていた。

清十郎が郡役所へ出仕しはじめた翌年の寛政五（一七九三）年には、新たに出稼ぎに行くのを禁止し、同七年、免許札交付に改めている。全面禁止はとても無理。条件付きで許していたが、人数については、領内の地主たちから安い労働力が不足すると苦情が寄せられた結果、また制限が加えられた。

毎年、作柄不十分の農民たちは、生活のため出稼ぎをして労銀を得たいと主張していた。

一方、地主層は、自分たちのため労働力を確保したいと考える。藩の御用所では領内の労賃の高騰、それにともなう貨幣経済の浸透などが、大きな悩みの種だった。

源助とおたねの夫婦は、重蔵家に三十年近くも武家奉公しているが、二人はともに多紀郡福住村の生まれ。村方の立場で「酒造出稼ぎ」を案じていた。

「藩家のご重役方がどんな結論を出されるか、いまのところ見当がつかぬ。だがともあれ、そなたたち夫婦はなにも心配いたさず、わしの留守を預かっていてくれればよいのよ。さて顔を洗い、朝御飯をいただき、お城にまいるといたそう。今日もまた出稼ぎについてのご評定じゃ」

「今日もご評定でございますか」

「御用所ではここ十日余りの間に、はっきりした一つの方向を示さねばならぬのよ。おたね、飯じゃ飯じゃ。わしは顔を洗ってまいる」

「へえ、かしこまりました」

おたねが片手をつき低頭、居間から去ると、清十郎は寝間着を着替えた。

離れに通じる歩廊から庭におり、裏の台所口に近い屋根つづきの井戸にむかった。

「旦那さま、お早うございまする」

おたねから命じられたのか、中間の藤吉が、井戸から釣瓶《つるべ》で水を汲《く》み、高脚桶《おけ》のかたわらでひかえていた。

「おお藤吉か。造作をかける」

「滅相もございませぬ」

かれに見守られ、清十郎は口をすすぎ顔を洗った。

「どうぞこれを――」

藤吉から手渡された手拭《てぬぐ》いで、顔をひと拭きしたとき、隣りの石井家から武太夫の大声がきこえてきた。

かれが何を怒っているのか、はっきり言葉はきき取れなかったが、声がただごとでないひびきをおびていた。

「いかがされたのでございましょう」

小声でつぶやき、藤吉が若い主の顔を見上げた。

石井武太夫の声は、なおもつづいている。

かれを必死になだめているのは、妻女だった。

二つにまじり、ときどき短い女のすすり泣きが耳にとどいてきた。

「旦那さま――」

清十郎と藤吉の二人が、隣家の気配を案じているのに気付き、朝御飯の支度をととのえたおたねが現れ、ついで源助も姿をのぞかせた。

「あの小さくすすり泣く声は、小野家に嫁がれた五十緒どののものではないのか」

源助夫婦にたずねるともなく、清十郎はきいた。

「へえ、確かに五十緒さまの泣き声にちがいございませぬ」

「実は旦那さま、五十緒さまはきのうの昼すぎ、六間町の輿入《こしい》れ先から、お屋敷におもどりのごようすどした。ご実家へのおもどりは再々。世間の噂では、小野半右衛門さまがお死にやしてから、五十緒さまはなさぬ仲のお子さまとうまくいかへんうえ、姑《しゅうとめ》さまとも衝突するばかりで、それは大変やそうどす。嫁いだ相手に死なれ、若い身で姑と義理の子どもにしがみつかれたら、五十緒さまでなくても、そらかないまへんわ。ご実家にもどり、両親に愚痴の一つもいいとうなりまっしゃろ。うちはほんまのところ、五十緒さまがかわいそうでなりまへん。五十緒さまは旦那さまと同じ二十五歳。あの若さで後家さまになるのは、なんとしてもお気の毒どす。これも世間の噂どすけど、小野さまのご一族は、家名断絶を免れるため、一族の中から誰かを選び、五十緒さまに添わせようとしてはるそうどすわ。若い後家やからといい、男なら誰でもええというわけにはいかしまへん。旦那さま、ひょっとすると、石井さまのお屋敷でもめているのは、それとちがいまっしゃろか」

さすがにおたねは世情に通じていた。

小野半右衛門が非業に死んだあと、世間がひそかに危惧していたことが、早くも起っている。清十郎には、しかも身近にであった。

「おたね、家名断絶を免れるため、小野家の一族は五十緒どのに、そんな手段まで強《し》いようとしているともうすのか——」

「へえ、そうどすがな。そうでもせな、お殿さまからお扶持《ふち》がいただかれへんぐらい、旦那さまが一番お知りやすのとちがいますか。好きになれそうな相手やったらよろしおすけど、最初から嫌な相手どしたら、舌をかんで死んだ方がどれだけましやら。お隣りの旦那さまはおとなしいお人柄。五十緒さまが先さまのご意向に黙ってしたがい、何事もなく嫁ぎ先に納まっていてくれたらと、お思いでございまっしゃろ。けど五十緒さまも生身の人間、それほど都合よういかしまへん」

おたねは顔に怒りを浮かべ、小声でまくしたてた。

「石井武太夫どのは小心者ときいている。あのお人ならさように考えられよう」

「もったいないたとえどすけど、このおたねがかりに五十緒さまの姉どしたら、今年九歳になるとかきいている先妻さまのお子に、十七、八歳の養子を迎え、家のあとを継がせるようにしていただきます。そのうえで五十緒さまを離縁してもらいますのやがな。実家にもどれば、またどこにどんなご縁があるやらわからしまへん。旦那さま、そうどっしゃろ」

まだ子どもだったころから五十緒を知っているだけに、おたねの口調はどこまでも彼女に味方していた。

「おたね、まさにその通りじゃ。それが分別ともうすものであろう」

「それなら全部がまるく納まり、別条ございまへんわなあ」

「いかにも誰もが穏やかに生きていかれる。なかなかよい分別じゃ」

清十郎はどこか虚《うつ》ろな顔で応じた。

石井家からの声は、さらにもう一度だけ大きくひびいたが、さすがに武太夫も近所への配慮に気付いたとみえ、あとはいくら耳をすましても、何もきこえてこなかった。

婚家で五十緒の置かれた異様な情況。彼女の行末が案じられ、清十郎の気持は騒いだ。

「つい、きかぬでもいいことまで知ってしまったわい」

「旦那さま、どうぞお許しくださいませ。こいつおしゃべりな奴で、不快な出来事をお耳に入れてしまいました」

源助が女房のおたねをにらみつけ、清十郎に詫《わ》びた。

「いやいや源助、なにもおたねを叱るにはおよばぬぞよ。不快なことでも、きいておかねばならぬ場合とてある。五十緒どのの苦境、わしは身にしみてよくわかった。とても他人事とは思われぬ。おたね、礼をもうすぞ」

清十郎の顔が青ざめ、頰がふるえていた。

「不調法なことをおきかせして、旦那さま、すんまへん」

「わしは詫びるにはおよばぬともうした。源助におたね、さあ飯じゃ。急いで飯にいたしてくれ。本日は加判のあと、御用所の評定に加わらねばならぬ」

かれは気を持ち直し、堅い顔に笑みを浮かべ、源助たちをうながした。

空の霧がだいぶはれ、春の青い空がのぞいていた。

雀の群れが囀《さえず》りをまき散らし、その空をかすめていった。

御門夜討

櫓《やぐら》太鼓が時刻を告げている。

城中で宿直《とのい》をすませた藩士たちが、緊張を解いたようすで、三の丸曲輪《くるわ》から巽《たつみ》御門を出てきた。

中間《ちゅうげん》の藤吉を後ろにしたがえた重蔵《しげくら》清十郎は、東外堀と南外堀に沿ってのびる幅広の堀割り道を進み、いかめしい甍《いらか》をそびえさせる巽御門をくぐった。

伊賀袴《いがばかま》に身を堅めた御門警固の藩士数人が、登城してくる人々に目礼を送っている。脛当《すねあ》てをつけ六尺棒を構える番士たちは、警固の決まりとして、上士や中士にも低頭しなかった。

「霧もはれ、結構なお日和《ひより》。役儀ご苦労でござる」

清十郎は両の拳《こぶし》を堅くにぎり、目礼をつづける御門警固の藩士に声をかけた。

「お奉行どの、ご丁寧なご挨拶《あいさつ》、恐縮至極にございまする」

清十郎に答えた顔見知りの警固の藩士は、率直な人柄だが、多くの御門番衆は、かれの言葉にうなずくだけだった。

なかには身分が下でも、明らかに冷笑を浮かべている男もいた。奉行職や上士が、気易《きやす》く下士に言葉をかけるのは論外。その行為はなにかと軽んじられ、わけてもかれらには、国許で育っていない清十郎を、〈よそ者〉としてどこか疎《うと》んじる気配が見られた。

腰を低くすれば侮《あなど》りを受ける。だが大蔵奉行の地位を鼻にかけ居丈高《いたけだか》にするのは、わしの気性に合いそうもない。横柄な態度で番士を横目でにらみつけるなど、人間として恥ずべき行為だと、清十郎は思っていた。

しかし無能な人物でも、上士の大半が譜代衆として家職をつぎ、偉ぶった態度で世すぎしている。それが処世術のひとつだろうが、一方、こうしたかれらに辞を低くする家中の人々の卑屈さにも、清十郎は不快を感じていた。

こんなありさまだから、江戸や京大坂で国侍は、田舎者だと嘲笑《ちょうしょう》されるのだ。

「重蔵さまは家柄を笠《かさ》に着ずまことに結構、わたくしなどありがたいと思うております る。ところがそれをかえって与《くみ》しやすしと侮り、つけこむ者もございますれば、ご丁寧なのもほどほどが肝要。なにはともあれ、ご慎重にいたされませ。ざっくばらんにもうせば、世間とは権《けん》高い者にしたがう愚かさをそなえているものでございますよ」

郡役所《こおりやくしょ》で村廻りをしていたころ、郡同心としていつも清十郎と組んでいた年長の奈《な》倉《くら》弥助が、家中での身の処しかたについてのべていた。

重蔵家は、青山宗家が遠州浜松を領していたころからの譜代衆。家中では浜松衆の別名で遇され、代々が江戸か京の留守居役、または大蔵奉行に就任している家柄である。

これにくらべ奈倉弥助の家は、青山忠朝が丹波亀山に転封してきてから仕官したいわば新参、郡同心として家禄《かろく》も少なかった。

「弥助どの、ご忠告はありがたいが、威張るも威張らぬもない。これがわたしのありのままで、性格ゆえ改めようがありませぬのじゃ」

清十郎はかれと村廻りをしているとき、常に快活に過していた。ところが城中の三の丸に構えられる郡役所にもどってくるたび、いつも自分には居場所がないとの思いにとらわれた。

郡役所の廊下や役部屋で顔を合わせる連中の目が、どこか自分を除者《のけもの》にしている。一献酒を酌《く》もうと誘われるのも、皆無だった。

「京者にはなにもわかるまい――」

あからさまに排斥の言葉をきいたこともあった。

それは子どものころも同様で、群れのなかに加えてもらえない口惜しさが、清十郎を肥後坂蔀《しとみ》に結びつけ、東軍流の剣を懸命に学ばせたのだろう。

「やい坊主、独りでなにをいたしているのじゃ」

清十郎は十二歳、篠山川《ささやまがわ》の水辺に腰をおろし、ぼんやり鴉《からす》の群れを眺めていた。そのとき川原沿いの竹藪《たけやぶ》から、肥後坂蔀がいきなり現れ、声をかけてきたのである。

白い髪を後ろに束ねた蔀の目は炯々《けいけい》と光り、枯痩《こそう》の姿が清十郎には異様に映った。

「ど、どうもいたしておりませぬ――」

清十郎はしどろもどろに答えた。

「いや、そなたはどうかいたしておる。わしが見たところ、そなたは気鬱《きうつ》の病にかかっているのじゃ。それにちがいない。治癒いたす方法はただ一つ、友を得ることじゃが、どうやらそれも、そなたにはむつかしいようじゃなあ」

肥後坂蔀は竹刀《しない》の竹を得るため、篠山川沿いの竹藪にときどきやってくる。

孤独そうな少年の姿を数度見ており、すでに京からもどり大蔵奉行についた重蔵七良左衛門《しちろうざえもん》の嫡男と知っていた。

「あなたさまには、なぜそれがおわかりになられます」

少年の清十郎は、自分の気持をいい当てられ、つい真情を吐いた。

「それぐらいわからないでか。この世に随分生きてきたからのう。所詮《しょせん》、友を得るのが無理なら、いっそわしのところにまいり、剣でも学ばぬか。しかるべきものを授けてとらせる」

こうして清十郎は肥後坂蔀に誘われ、東軍流の目録を得るまでに上達したのだ。

誰にも口外いたすではない。これも東軍流の奥義の一つじゃと、蔀から釘《くぎ》をさされた。蔀には、清十郎こそ篠山家中でただ一人の弟子。天性教え甲斐《がい》のある愛弟子だった。

大勢の藩士が三の丸界隈《かいわい》と、内堀の近くに棟を連ねる各役所に急いでいる。

いずれも腰に両刀を帯びてはいるものの、おそらくかれらのなかに、清十郎ほど練達の剣をふるうものはいないだろう。

肥後坂蔀から目録を与えられてほどなく、清十郎は郡役所へ召し出されたのであった。

左に天守台の石垣と本丸御殿を仰ぎ、かれは二の丸御門の前を通りすぎた。

高い石組みがずっとつづいている。

内堀近くまできて、裃《かみしも》姿がそれぞれ出仕する役所に散っていく。かれがふと前方を眺めると、寺社奉行所の棟に急ぐ石井武太夫の姿が目にとまった。

武太夫が足をとめ、清十郎を待ち構える。

それにつれ、かれも足を速めた。

「石井さま、お早うございまする。本日はよいお日和になりました。ここしばらくご無《ぶ》沙汰《さた》いたしておりまするが、息災の体《てい》を拝し、安堵《あんど》つかまつりました」

清十郎は白髪まじりのかれに近づき、松葉小紋の裃をきた身体を軽く折り、朝の挨拶をした。

「隣り合わせに住みながら、ご無沙汰はお互いさまでござる。それより清十郎どのには、それがしの息災を問うてくださるどころではなく、大蔵奉行としてご領内百姓出稼ぎの評定、なにかとご苦労でございましょうな」

小さな恥じらいを顔にただよわせ、かれは気弱にたずねた。

武太夫は半月ほど前に顔を合わせたときより、ひと回りもふた回りも小さくなっていた。

五十緒《いそお》が小野家からもちこんでくるもめごとが、武太夫の心労を深めているにちがいない。清十郎の目に、かれの気弱が痛々しく映った。

「領民の出稼ぎ問題は、長年、藩家が取り組んでまいりました難題。そろそろしっかり決着をつけねばならぬ時期だと存じておりまする」

「郡役所に出仕し、五年余りもご領内郡村をめぐってまいられたからには、それ相当のご意見も、おありでございましょうなあ」

「されど石井さま、それがしが何を見てまいったとて、その意見がご重役方のお耳にとどくかどうか、評定の席に連なってはいるものの、はなはだ心許《こころもと》なく思うておりまする」

清十郎の言葉は、これまで行われてきた「酒造出稼ぎ」禁止を、かすかに批判していた。

かれは廻村《かいそん》して目にしてきた領内の疲弊から、農民たちに出稼ぎを制限なく許し、そのうえで新しい藩政の方針を決定することこそ、いま必要な急務だと感じていたのである。

「そこのところじゃが、清十郎どののような若い有能なお人の知恵で、是非とも大問題に決着をつけていただきたいものでございまする。ところで今朝ほどお耳に入れもうしたきき苦しいいさかいの声、何卒《なにとぞ》、お許しくだされ。五十緒も哀れな奴、親にいたせば不憫《ふびん》。なにかとご推察いただきたい。お願いもうす」

武太夫は急に顔を伏せ、声を湿らせた。

かれは自分たち夫婦の声や五十緒の嗚咽《おえつ》が、外に漏れていたことに気付いていたのだ。

「ご心痛のほど、お察しもうしあげておりまする。五十緒どのにもよろしくお伝えくだされ。それではこれにて失礼つかまつります」

内堀近くでは、裃姿が次第に少なくなっていた。

清十郎に目礼し、武太夫は寺社奉行所の棟にむかい、身体をひるがえした。

その後ろ姿を見送る清十郎の胸に、五十緒の嗚咽する声が、またふとよみがえってきた。

同情と怪しい蠱惑《こわく》の二つが、心の中で複雑にからみ合い、無性にかれを苛立《いらだ》たせた。

「藤吉、まいるぞ——」

かれは少し離れた場所で、片膝《かたひざ》をついてひかえる中間の藤吉に声をかけ、つぎには役所にと足を急がせた。

「お早うございまする」

「お役目、ご苦労さまでござる」

大蔵奉行所に到着し、役部屋にむかうかれに、さまざまな言葉がかけられてくる。

かれはそれらに一つずつ丁寧に答えを返し、小者が襖《ふすま》を開く役部屋に入った。

役部屋は庭を背にした十五畳。一段下がったむこうに大部屋がひろがり、下役たちがすでに帳簿をひろげ、執務をはじめていた。

十五畳の間では、大蔵奉行相役《あいやく》の桑原太兵衛が、硯《すずり》で墨をすっており、清十郎がかたわらから手をついて挨拶するのに対して大様《おおよう》にうなずいた。

「先ほど内堀の近くで、どなたかと立ち話をいたされていたようじゃが――」

桑原太兵衛は四十六歳。相役として亡父の七良左衛門とは、うまくやってきた仲だった。

七良左衛門の代わりとして新たにあとをついだ清十郎にも、優しく親切に接してくれる。何事につけもうし分なかった。

「はい、隣り屋敷に住まわれる寺社奉行所ご祐筆《ゆうひつ》の石井武太夫どのでございます。隣りとはもうせ、なかなか顔を合わせる機会もなく、つい不作法にも立ち話をしてしまいました。お許しくださりませ」

「なんの、どこの主でもみな同じことじゃ。気にいたされまい。しかし寺社奉行所の石井武太夫どのともうせば、昨年の秋、妙福寺のかたわらで闇討《やみう》ちにあい、落命いたされた小野半右衛門どのの舅《しゅうと》どのではないのか――」

桑原太兵衛は墨をする手を止め、清十郎にたずねかけた。

さすがに小野半右衛門の横死は、家中の評判となり、五十緒の去就《きょしゅう》をふくめ、興味の的になっていたのである。

「いかにもそのお人でございます」

「そうか。あのご仁が石井武太夫どのなあ。大目付は、小野半右衛門どのを刺し殺した下手人の手掛かりすら、まだつかみかねているともうす。実に奇妙な事件。家中の一部では、情痴に基づく刃傷《にんじょう》ではないかと、噂《うわさ》されているのをご存知か——」

かれは小声で清十郎にたずねた。

「桑原さま、うかつなことをもうされますまい。噂はただの噂にすぎませぬ。人にささやかれることで、迷惑にも大きくなってまいりまする。失礼ながら、おひかえになられませ」

清十郎は胸が騒ぎ立つのを強《し》いて抑《おさ》え、太兵衛をたしなめた。

五十緒のあでやかで美しい姿が、かれをまた悩ましく惑乱させた。

火のないところに煙は立たないという。

自分がふと考えたように、世間は半右衛門刺殺の背景を、なんとなく察しているようであった。

「こ、これは心得のないことをもうした。石井武太夫どのと昵懇《じっこん》にいたされていれば、人をたしなめるのは当然。わしが悪かった」

「いやわたくしこそ失礼をつかまつりました。何卒、お許しのほどを——」

「まあこの世では、きのうは人の身でも、あすはわが身に禍《わざわい》がおよぶやもしれぬ。お互い用心して暮らすにかぎる。さてお役目の話になるが、清十郎どの、つい先ほどご城代の上田仲左衛門さまの使いの者がまいり、しばらくあとから、御用所で昨日につづき、今日も酒造出稼ぎについて評定が行われるそうじゃ。ご城代さま始め、主だつ方々のご意向は、出稼ぎは従来以上に厳しい制限をもうけ、違背いたす者にはさらに罰則を課す、に傾いておいでじゃ。本日はいよいよ各人の意見を徴される。相役のそなたもそのおつもりでなあ。ここで亡き七良左衛門どのになり代わり、もうしておけば、胸に別条がござろうとも、ご重職方のご意向にさからわぬが身のための上策と、心得ておかれるがよい。おわかりでござろうな」

桑原太兵衛は急に顔付きを改めていった。

若い相役の清十郎が、多くの重職たちと異《こと》なる考えを胸にいだいているのを、かれは早くから察していた。年長者として、危惧《きぐ》を覚えての言葉であった。

「ご忠告、かたじけなく承っておきまする」

「かたじけなく承っておくではない。くれぐれもご自重いたされるのじゃ」

相役だが、そのときだけかれは厳しい表情を見せ、清十郎を諭《さと》す口調になった。

「お奉行さま――」

このとき下段にすえられた机で、なにか書き物をしていた中年の下役が、書類をもって近づき、二人に加判をもとめてきた。

米蔵修繕に関する書類の決裁であった。

太兵衛よりさきに、書類に目を通した清十郎は、一行分をあけ署名して加判、ついでかれに廻した。

ずらっと机を並べた大広間では、家士たちが帳簿に目を通したり、黙々とそろばんを弾いたりしている。

登城してくるとき、かれらはいずれも裃をつけているが、役所に着くと、別の部屋でそれを脱ぎ、動きやすい筒袴姿になる。

「これでよいな——」

署名と加判をすませた桑原太兵衛は、下段の相手にまだ墨の乾ききっていない書類を、腕をのばして手渡した。

「確かに頂戴《ちようだい》つかまつりました」

かれは二人のそれを確認し、もとの座に退《の》いていった。

「さて相役どの、そろそろ御用所にまいらねばなるまい。お扶持《ふち》をいただいている分だけの役目を、果たさねばならぬ」

太兵衛についで清十郎も立ち上がった。

大蔵役所を出て、御用所にむかう。二人とも次第にしゃんと姿勢を正し、右手の扇をにぎりしめた。

清十郎は太兵衛の先ほどの言葉を思い出し、心中は穏やかでなかった。

相役のかれは好人物、下役たちに人望もあった。だがその日が無事平穏にすぎればよいとの考えで、日々を送っている。

ご領内でいま起こっている変革への動きや、百姓たちの困窮には無関心。大蔵奉行といえども、藩政の将来を議せる器でないのは確かだ。

当時、郡役所がつかんでいた篠山藩領の男子人口は約一万九千人。その四割が、青壮年の労働人口。この中から約二千人が、酒造にたずさわる丹波杜氏《とじ》として冬季、摂津の灘や伊丹へ、出稼ぎに出国していた。

もともと灘、伊丹の杜氏は、備前杜氏が多かった。

ところが備前各地から摂津の灘までは遠く、いくら稼いでも費用倒れになる。それにくらべ、丹波の多紀郡や氷上郡から同地までは、歩いて二、三日の道程。往還が容易だった。

結果、江戸初期になり、二毛作のできない丹波地方から杜氏が現れ、かれらは灘の酒造業に欠かせない存在となってきたのである。

与謝蕪村の生母も、かれらと同じく丹後の与謝から、摂津の東成郡毛馬村に年季奉公に出てきた女性。表にできない事情があり、蕪村を生んだのだ。

篠山領内の丹波杜氏たちは、布団と行李《こうり》を背負い、ほぼ一泊二日で六甲越えして、灘、伊丹に到着したという。かれらが国許にもち帰る労銀は、冬季唯一の収入として年貢の一部となり、なにかと藩の経済を潤した。

篠山藩の執政たちは、ここのところを率直に認識するべきだ。だがかれらの多くは、頑固にも農本主義一筋を主張、郡奉行の竹田伝兵衛など、その急先鋒《きゅうせんぽう》となっている。

伝兵衛は筆頭国家老青山総左衛門の姻戚《いんせき》になり、酒造出稼ぎについての評定とはいえ、これまでの経過から、結果はすでに見えていた。

評定に加わる人々は、青山、蜂須賀の家老。城代の上田仲左衛門ほか年寄五人。用人四人。大目付、宗門総奉行、さらに寺社町、郡、勘定、大蔵、普請の各奉行などを合わせて四十人近くであった。

かれらのほとんどが、よほどの失態がないかぎり、代々の襲職。どれほど有能でも、下士からの登用は少なく、藩政は硬直化していた。

藩士たちは家格を守るため、何事でも上役の顔色をうかがい、日和見《ひよりみ》的になっている。郡同心の奈倉弥助にいわせれば、ろくな見識もなく、虎《とら》の威を借る狐《きつね》に似ていた。

誰もが領内百姓の上に君臨する郡役所、とりわけ郡奉行の竹田伝兵衛の意見に唯々としたがい、篠山藩がいま置かれている実情を見ず、あまりにも天下の趨勢《すうせい》に疎《うと》いと、弥助は嘆いていた。

また領内の大地主層が安い労働力確保のため、藩の重職たちに賄賂《まいない》を届け、出稼ぎの全面禁止を企んでいるそうだった。

十一のときまで京に住んでいただけに、清十郎は世の中がどう動き、庶民を中心にして、これからどんな風に変化していくか、山国の国許にいてもいくらかわかるつもりでいた。

平賀源内が獄死したのは五つのとき。与謝蕪村が没した年の九月には、司馬江漢が銅版画の制作に成功した。

人は時代を動かし、時代はいやおうなく人の生活を変えさせる。

農業を国の産業の基本とするのはいいとしても、篠山藩の場合、寒冷地で二毛作は無理。この際はっきり出稼ぎを国益になると認め、奨励するのが適切な政策だろう。

御用所の大広間では、正面に青山総左衛門、蜂須賀監物、城代上田仲左衛門をふくめた七人がずらっと並び、かたわらに竹田伝兵衛を中心に、郡奉行四人がひかえ、ほかの出席者たちは、東西二つに分かれてむき合っていた。

最初に青山総左衛門が背筋をのばし、一同の顔を見廻したうえ、今日の評定で酒造出稼ぎ問題の藩是を決めたいと告げた。

ついで竹田伝兵衛に発言をうながした。

「さてご家老さまがもうされた酒造出稼ぎの件でござるが、これをいつまで論じておりましても、埒《らち》があきもうさぬ。ご一同、それがしの考えは、かねてからのべている通り、労多くして困難、百姓には気の毒なれども、百姓はあくまでも耕地を愛しみ、冬でも精を出して土を肥《こや》し、もって季節の恵みを増すことのほかに、藩の財政を安んじさせる方策はないものと強く心得まする。藩領の村々では、頭から寒冷地のため二毛作はかなわぬと、秋から春にかけての土地の手入れを怠っておりまする。それゆえひとたび天候不順にみまわれれば、不作を招きますのじゃ。これもいわば、天の条理による応報と考えられまする。酒造出稼ぎは、四年前の寛政七年に決められた免許札交付の条に限って許すものとして、百姓どもから求められている制限の撤廃は、もってのほかでございましょう。これを撤廃いたせば、ご領内の百姓どもは限りなく出稼ぎにまいり、ご領内郡村の疲弊は目に見えておりもうす。人は安易に生きたがるもの。農耕を嫌い、摂津に出稼ぎにまいるは、藩家に年貢を納めるためと称されているのは、ご一同もききおよんでおられましょう。されどこれは、一部に道理がありましても、すべてとは考えられませぬ。

郡役所では近年、ご領内の風俗を改めねばならぬことが、まことに多くなっておりまする。これもひとえに出稼ぎの者たちが、他領から悪しき習慣や風俗を勝手に運びこんできたため。いずれも篠山藩領の領民にとって、益となるものではございませぬ。衣服は華美となり、もち物も贅沢《ぜいたく》。人がそれをもてば、愚かにもわが身も所持いたしたいと思うは人の常。されば抜けがけをしてでも、摂津へ稼ぎにまいる百姓もあとを絶ちませぬ」

竹田伝兵衛の弁舌は、一面、理路整然として、人間の性情を衝《つ》いていた。

「いかにも、郡奉行どののもうされる通りじゃ。贅沢に馴《な》れ、天明七年、郡村に下知いたした改村御定目など、あってもないにひとしいありさまとなっておりもうす。出稼ぎで得てきた労銀を使い果たしても、また出稼ぎにまいれば得られるとして、禁制に背《そむ》いて勝手に酒を飲み、賭博《とばく》を行う百姓も、少なくないときおよんでおりまする。悪弊がひろまれば、郡役所の労も多くなりましょう。竹田どののもうされる一言一言、それがしは至極もっともだと思いもうす」

かれの言葉に、勘定奉行の一人木村彦兵衛がまず同調した。

酒や賭博が領内に浸透しているのは、事実であった。

郡役所に出仕し、ご領内を廻村している最中、百姓たちが鎮守の社の拝殿に上がりこみ、褌《ふんどし》から小銭を取り出し、骰子《さいころ》を転がしている姿を清十郎もたびたび見てきた。

「悪しき遊びが流行《はや》れば、女どもが嘆き、子弟の教化も思わしくまいるまい。やがては藩家にとっての大事となろう。制限の撤廃はもってのほか。出稼ぎは厳しい条件つきといたし、暮らしの規矩《きく》を堅く守らせねばならぬ。ご領内の土地が痩《や》せていても、百姓どもが手をかけてやれば、竹田伝兵衛がもうす通り、肥沃《ひよく》にならぬものでもない。篠山領内には京で珍重される丹波布、また古くから国焼きの一つとして高く評判される丹波焼き、毎年、自然の恵みとして山々がもたらしてくれる松茸《まつたけ》や丹波栗《ぐり》、それに猪《いのしし》など山獣の肉があり、特産品として銀を稼いでおる。わけても丹波布と立杭《たちくい》の焼きものは、広く諸国に知られている。藩財政を大きく潤すものとして、この二つを振興させるのが最良の方策と、それがしは思いまする」

上席に坐った表用人が、これにつづけた。

「しかれば制限の撤廃は、藩是として断固拒否。これまで通り一定の頭数にかぎり、免許札交付をもって行うのが、ご一同のご意見とうけたまわってよろしゅうございまするな——」

竹田伝兵衛が、わが意を得たといわんばかりに、全員の顔を眺めわたした。

かれが先ほどから気にしているのは、大蔵奉行の一人として末席にひかえる若い重蔵清十郎が、渋い表情でいることとだった。

「伝兵衛、大方の意見もっともとしてあいわかった。じゃが本日は評定に列席したみなの者すべてから、意見を徴するはずではなかったのかな」

城代の上田仲左衛門が、かれに注文をつけた。

「はい、いかにもその通りでございまする。しかしながら、ご一同のようすをご覧になればおわかりのように、木村彦兵衛どのや表用人さまならびにそれがしの意見に、ご賛同を明らかに示されておられまする。賛否を問うまでもございますまい」

かれは憮然《ぶぜん》とした顔の清十郎を一瞥《いちべつ》したが、ここは少しでも早く評定を終わらせるにかぎるとして、仲左衛門に低頭した。

「いやいや、そうではあるまい。伝兵衛、末席にひかえる大蔵奉行の重蔵清十郎が、なにやらいいたげにしておるぞよ。せめてあれの意見だけでもきいてとらせい」

清十郎の浮かぬ顔に、筆頭国家老の青山総左衛門も気付いていたとみえ、ほんの軽い気持で、伝兵衛に言葉をかけた。

評定の席が、二人の声で一瞬ざわついた。

「しからばさようにいたしまする」

伝兵衛は青山総左衛門に目礼し、痩せた身体を清十郎の方にむけた。

生唾《なまつば》をのみこみ、清十郎は姿勢を正した。

「重蔵どの、大蔵奉行としてなにかご意見がおありなれば、ここで遠慮なくもうされい。そなたは昨年まで郡役所に出仕いたし、ご領内全域をくまなく廻村してまいられたゆえ、もうされるべきご意見もござろう。一同つつしんで拝聴いたす」

いくらか危惧《きぐ》をいだき、伝兵衛はかれをうながした。

ざわめいていた声がぴたっとやみ、評定の席がしんとなった。

どうしたのかかれの相役桑原太兵衛が、腰を浮かさんばかりにして、狼狽《ろうばい》の色を見せていた。

「されば重蔵清十郎、郡奉行どののご指名により、出稼ぎについてそれがしの所見をもうしのべさせていただきまする。郡奉行どののならびにご用人さま、勘定奉行木村彦兵衛どののご意見、農こそ国の基となるものと考える点では、それがしとていささかも異論はござりませぬ。本来なら、これを藩是といたすべきでございましょう。しかれどもご領内を五年余にわたり、くまなく廻りつくし、百姓たちに接してまいりましたそれがしとしては、かれらの暮らしむきを知るにつけ、いささかご一同さまとは、ちがった意見を持ち合わせておりまする」

かれはここで声を大きくさせ、酒造出稼ぎを是認すべきだとする持論を、滔々《とうとう》と展開してみせた。

列席する各奉行たちの間に、またざわめきが起こった。

「ご一同、静まらっしゃい」

次席家老の蜂須賀監物が、しわがれた声で叱《しか》った。

伝兵衛の顔が青ざめ、眥《まなじり》をつりあげていた。

清十郎の隣りに坐る桑原太兵衛が、右手でかれの袴を小さく引っ張り、ほどほどにとの合図をくり返した。

「なるほど、そなたがもうすことはいずれも道理じゃ。他国に出稼ぎにまいった者どものもち帰る労銀が、確かに藩庫を潤しておる。しかしながら、百姓が土地に愛着をもちよく耕さぬでは、国の政治がゆらぎ、将来が大きく望めぬでなあ。伝兵衛は郡奉行として、そこのところを力説しているのじゃ。そなたも快くわかってやれ」

城代の上田仲左衛門が、青山総左衛門を制して清十郎をなだめた。

「ご城代さまの仰せはごもっとも。それがしとて、竹田さまに意趣をいだいて反論いたしているわけではございませぬ。されど諸国、ならびにとりわけ畿内《きない》諸藩の動きに目を配りますれば、もはや一藩における自給自足は無理。通貨なくしては、どこもかしこも立ちゆかぬ時代になっておりまする。いまやそれが天下の趨勢《すうせい》。周囲を山に囲まれた山国の篠山藩とて、その例外ではござりませぬ。幸い摂津の酒造地は、丹波からの出稼ぎを必要といたしておりもうす。藩家が好むと好まざるとにかかわらず、彼の地では、篠山領からの冬季出稼ぎ人に対して、丹波杜氏との異名をつけて重宝いたし、その技術は酒の醸造に欠かせぬものとなっておりまする。この丹波杜氏の技術を国益と考えれば、制限の撤廃こそ藩に利益をもたらすと、それがしは考えておりまする」

「さ、さればそなたは、酒造出稼ぎの制限の撤廃が肝要ともうすのか」

伝兵衛が清十郎をにらみつけて叫んだ。

「いかにも、それがしは制限の撤廃がしかるべきと考えておりまする。ご領内の百姓どもは冬季、土地の面倒見をなおざりにしているわけではございませぬ。いくら手をかけたとて、当地での二毛作は不可能。大切な副業として、酒造出稼ぎにまいっているのでございまする。農業は国の根幹、されどどの地でも、その理をつらぬけるものではございませぬ。手のあいた百姓どもを他領で稼がせ、その労銀をもって藩の運営をはかるに、なんの障《さわ》りがございましょう。時代は動いており、古い考えにとらわれ政《まつりごと》をなしておりましては、諸藩から大きく後れをとりまする。重蔵清十郎、ご一同さまに対して、ご再考のほどをひとえに願いたてまつりまする」

かれはひたいにびっしり汗をかき、伝兵衛にむかい一気にのべたてた。

かれの発言が終わると、評定の席はみたびざわめいた。

「お静かに、一同静まらっしゃい。重蔵清十郎の意見をたずねるのはこれまで。あとは二人をここに残し、われらが出稼ぎの是非を十分に吟味し、結論を下すことにいたす。本日の評定は以上。ご一同、席を立たれませい」

蜂須賀監物は、青山総左衛門とうなずき合い、出席者の全員にいい渡した。

これ以上、清十郎に意見をのべさせれば、藩論が二つに分かれてしまう。紛糾を避け、すでに決めている藩是をつらぬく考えであった。

「ではこれにて退出いたしまする」

出席した多くの奉行たちが、それぞれ正面に坐る青山総左衛門たちに平伏し、やがて御用所の大広間から消えていった。

広い空間のなかに家老二人と城代の上田仲左衛門、それに竹田伝兵衛、重蔵清十郎の五人だけが残された。

清十郎のかたわらから立ち上がった桑原太兵衛の顔は、もうどうにもならぬといいたげに見えた。

「さて重蔵清十郎、そなた満座のなかで、思い切った意見をのべてくれたが、出稼ぎ制限の撤廃を主張いたすとは、なかなかのものじゃのう。われらの立場としては、とっくりそなたの意見をきかねばならぬが、一旦《いったん》決めかけた藩の方針を、容易に変えるわけにもいかぬわい。そなたは郡役所に出仕いたし、竹田伝兵衛の指図で村廻りの任についていた人物。わしらは遠慮して退くゆえ、二人してゆっくり談合いたせ。理は双方どちらにもあろう。だがときには、その理も引っこめねばならぬこともあるぞよ。そなたはまだ若いのじゃ」

数間《けん》離れたまま、お互いの顔を見つめ合っている伝兵衛と清十郎を残し、青山総左衛門たちはゆっくりと立ち上がった。

かれら三人が去ると、大広間の中はしんとなり、お互いの息づかいだけがきこえた。

「清十郎、こちらにまいれ。あまり離れていては話しづらい——」

伝兵衛が苦笑して清十郎を招いた。

「しからばさようにいたしまする」

「堅くならぬでもよい。わしはそなたを叱《しか》っているわけではないのじゃ」

「それくらいわきまえておりまする」

「だがわしの許で廻村の役についてきたそなたが、真っこうから出稼ぎの制限撤廃を主張いたすとは、いささかではなく、大いに驚いた。飼犬に手を噛《か》まれたとは、まさにこのことじゃ」

「飼犬に手を嚙まれたともうされまするか。わたくしにさようなつもりはなく、ただ自分の信じるところを、ありのままのべたにすぎませぬ」

「ご家老さま方はきわめてご不興のごようすじゃ」

「大蔵奉行として、いかにご不興を買おうとも、藩政について諫言《かんげん》いたさねばならぬ場合とてございまする」

「そなたはついこのほどまで、藩の方針に反対の口をきかなんだが――」

伝兵衛は眉《まゆ》を曇《くも》らせてつぶやいた。

「胸に秘めていたまででございます。されどわたくしが領民どもに代わり、いうべきをいわねば誰がもうしましょう」

「清十郎、生意気な口をきくではないか」

「生意気だともうされても、いうべきはいわねばなりませぬ。竹田さまにおかれましては、領内百姓のなかで、妙な噂が早くから流れているのをご存知ではございませぬか」

「妙な噂じゃと。それはいかなるものじゃ。もうしてみよ」

「郡奉行ともあろうお方に、この噂がとどいていないとは、全くもって呆《あき》れた次第でございまする。真偽はともかく、百姓のなかでは、多くの土地をもつ庄屋たちが人手不足、ならびに領内百姓の労賃が高くなるのを嫌い、藩家の重職に賄賂《まいない》をさし出し、酒造出稼ぎ制限の続行を願っていると、ささやかれておりもうす。制限撤廃を念じる百姓どもは、そんな噂を立てたいほど、藩家の執政を疑っているのでございましょう」

「そなたのいまの話、きき棄てにはできかねる」

「きき棄てにされようがされまいが、わたくしは事実をもうしあげただけでございまする」

「清十郎、そなた意趣はないともうしたが、いやにわしに突っかかるのじゃな」

「とんでもない。わたくしが竹田さまに突っかからねばならぬ理由などございませぬ」

「さればもうすが、そなたがわしにみせる態度は不遜《ふそん》。ついで藩の要職に賄賂の噂があるとの話をもうせば、ご家老方はそなたにお役御免、家禄半減のご処置を下されるかもしれぬぞ」

伝兵衛はこめかみを小刻みにふるわせ、鋭い目で清十郎をにらみつけた。

「藩政の是非について正直にもうし上げれば逆鱗《げきりん》にふれ、お役御免、家禄半減でございまするか。竹田さま、あくまで農業を藩家の基としたいご自分の意見をつらぬくため、若輩者のわたくしを脅されますのじゃな」

「世間には、大義のため相手を挫《くじ》けさせねばならぬこともある」

「竹田さまは確かに忠義一筋のお人。さらに高い農政への理想をもっておいででございましょう。されどいつも理想と現実とは、遠く隔たっているものでございます。権力を用い、わたくしの意見を排されようといたされるなら、それもまた仕方ございませぬ」

「わしは、藩政の要《かなめ》をになう郡奉行の一人としてもうしたまでじゃ」

「それは詭弁《きべん》。わたくしにはご自分の意見を通さんがため、意地を張られているとしかきこえませぬ」

伝兵衛が次第に激昂《げっこう》してくるのにくらべ、清十郎は比較的落ち着いていた。

かれの目を射るようにみつめ、頬《ほお》に薄笑いをにじませた。

「ほざくなこ奴、これまで随分と目をかけてきたのが悔やまれるわい」

「はばかりながら、わたくしは竹田さまに目をかけられてきたとは、少しも思うておりませぬ。されど目をかけていただいたとすれば、誤ったお考えにも、したがわねばならぬのでございまするか。この重蔵清十郎、それほど愚かではございませぬぞ」

かれは胸の底でいくらか疼《うず》くものを覚えながら、雑言にひとしい言葉を伝兵衛に浴びせた。

「若輩者にしても全くもって、そなたは哀れな奴。そなたの顔などみたくないわい。この場から早々に立ち去れ。もはや議論など無用じゃ」

藩での役職はかれが上になる。

清十郎は伝兵衛から叱責《しっせき》され、全身にふと殺気をにじませて立ち上がった。

二人にとり、歩み寄りはなにもなかった。

巽御門脇《わき》の屋敷に、大目付の一人土屋次郎右衛門が平服で訪れ、早速、清十郎に五日間の休息を命じていったのは、その日の夜だった。

「これはご上意ではない。ご家老青山総左衛門さまから、内々頭を冷やせとのお沙汰《さた》じゃ。悪くは考えまい。噂できぎもうしたが、御用所の評定で、竹田どのと大分もめられたそうな。ちょっとお灸《きゅう》をすえられたものと、思い召されるがよかろう」

土屋次郎右衛門は、茶飲み話でもする調子で、総左衛門の意向を伝えていった。

「旦那《だんな》さま、五日間のご休息でございますか。わしには深い事情などわかりませぬが、ともあれ正式なお咎《とが》めでも表沙汰でもなく、ただの休息でよろしゅうございました」

次郎右衛門を表門まで見送り、清十郎の居間の前で手をついた源助は、かれがじっと下座に坐っているのを不安な目で眺め、なぐさめに似た声をかけた。

「源助、酒をもってまいれ。酒でも飲まねば、癒《いや》しきれぬ腹立たしさじゃ」

郡奉行の竹田伝兵衛は、筆頭国家老青山総左衛門の姻戚。身分と立場を利用し、強硬に自分の意見を通す考えなのだろう。

出稼ぎ制限の撤廃を唱える者は、誰でも排除の対象になる。五日間の休息がいつお役御免、家禄召し上げに変わり、蟄居《ちっきょ》に発展するか、わかったものではなかった。

　ここ数日のうちに、出稼ぎ制限は一層厳しい定目を加えられ、代官を通じてご領内に伝えられるに決まっていた。

　源助やおたねに銚子《ちょうし》の代わりを命じるにつれ、清十郎の胸の中で、ゆがんだ考えで藩政の舵取《かじと》りを行おうとしている竹田伝兵衛への怒りが、次第に沸騰《ふっとう》してきた。

「ご家老の青山さまは世間知らず。郡奉行の竹田さまも悪いお人ではございませぬ。だがご領内の百姓たちの実情をみることなく、別の道を歩こうといたされておられまする。いまさらに厳しい出稼ぎ制限が出されれば、ご領内に一揆《いっき》が起きかねませぬ。百姓どもは食うや食わず、それほど年貢を納めかね、酒造出稼ぎの労銀を当てこんでいるのでございます。せめて重蔵さまが制限撤廃にひと働きしていただかねば、今後、ご領内百姓の立つ瀬がございますまい。これは極々《ごくごく》内密の話ではございますが、市原村の百姓清兵衛が、出稼ぎ制限を廃するどころか、もし御用所が免許札の交付を渋ったり厳しい定目をもうけたりいたせば、江戸表においでの殿様に、直訴も辞さないともうしておりますそうな。清兵衛の直訴はともかく、一揆だけは郡同心として避けてもらいたいものでございます」

　十日ほど前、郡役所に姿をみせた奈倉弥助が、猪肉をたずさえて屋敷を訪れ、かつての上役にこぼしていった。

領内百姓の世論は、出稼ぎの全面許可を求めている。

御用所が決めた藩是より、かれらの意見が政治に反映されるべきであった。

市原村は多紀郡内、村高は二百十石。百姓清兵衛は、三反の田畑をもつ水呑《みずの》み百姓。

三十七歳のかれの家族は、老いた両親に女房と子ども二人、それに病弱の兄をかかえていた。

俗に夫婦《めおと》八反——といわれ、この面積が夫婦して耕作できる限界。年貢を納め一家がまずまず生計を立てていける反数だった。

それからすれば、百姓清兵衛は貧農になる。

酒造出稼ぎに出なければ、生活はとても成り立たなかった。

当時、摂津灘五郷の酒造業は、最盛期を迎えつつあった。江戸積み酒造家は、灘五郷だけではなく、六甲山系東南部を中心に、大坂三郷から兵庫におよび、三百数十軒にも達していた。

同地の酒造は寒造り一本。酒質の向上、量産化は、米の蒸し釜《がま》や甑《こしき》、仕込み桶《おけ》などの大型化で計られ、〈千石蔵〉といわれる建物が、伊丹を中心に建ち並んでいた。

灘の酒は芳醇《ほうじゅん》、江戸でも人気が高かった。

丹波杜氏の酒造技術は、ここでは欠かせぬものとなっていたのである。

四本ほど銚子を空にした清十郎の胸裏で、奈倉弥助が愚痴をこぼしつづけている。

「ご家老の青山さまは世間知らずか。御用所の連中は、一体何を考えているのじゃ」

かれは銚子を転がし、口に出してつぶやいた。

酒の酔いなど少しもこなかった。

虚《うつ》ろな目でじっと壁をにらんでいると、郡奉行竹田伝兵衛に対する怒りが、さらにこみあげてきた。

この自分には、源助夫婦と中間の藤吉がいるだけで、扶養しなければならない家族は、幸い一人もない。酒造出稼ぎに反対する急先鋒の伝兵衛さえ討ってしまえば、制限撤廃はいずれ実現するに決まっていた。

御用所で頭数をそろえる連中は、雰囲気に左右されるのであり、それほど見識を備えて出稼ぎに反対しているわけではない。伝兵衛が自分に斬《き》られたとなれば、一転して前言をひるがえすはずだ。またここにこのまま居残ったとて、たいした前途が期待できるとも思えなかった。

かれを討ち果たすのは、篠山藩のため、ひいては自分の正論を通すことにもなる。

清十郎は次第に一つの結論を紡《つむ》ぎ出していった。

翌日、かれは自分の居間にこもり、二通の書状をしたためた。

一通は大目付の土屋次郎右衛門に宛《あ》てたもので、酒造出稼ぎ制限撤廃をはばむ佞臣《ねいしん》竹田伝兵衛に天誅《てんちゆう》を加え、領内を立ち退《の》く旨を書いた。

つぎの一通は小坂八郎右衛門に宛て、許婚《いいなずけ》翠《みどり》を他家に嫁がせていただき、さらに重蔵家に長年奉公してきた源助夫婦と中間の藤吉に、十分報いてもらいたいと記し、十両の金子《きんす》をそえた。

あとかれの手許には、十三両ほどの金子が残されていた。

伝兵衛の屋敷は、坤《ひつじさる》御門近くの下小路にあった。かれはお役目に精励恪勤《せいれいかっきん》、昨日も今日も夜遅くまで、郡役所で執務しているにちがいなかった。

伝兵衛を討ち果たしてから脱藩。どうせそれを実行するなら、小野半右衛門の許に嫁ぎ、不幸にも寡婦《かふ》となり、意に染まない暮らしをしいられている五十緒を連れ出し、いっそともに他領に逃げてくれようと、清十郎は放恣《ほうし》な想像をめぐらせた。

いまの彼女なら、自分の誘いに二つ返事でしたがうにちがいない。篠山城下だけではなく、ご領内に五十緒の安住できる場所はもうどこにもないはずだ。

旅装をととのえ、坤御門を目前にした闇《やみ》にひそみ、竹田伝兵衛の下城を待ち構える。

かれの足許を提灯《ちょうちん》で照らす供の中間には、峰打ちをくらわせればいい。つぎの獲物こそ伝兵衛であった。

清十郎は胸の中であれこれなぞり、源助夫婦に勘付かれないように、すべての用意を終えた。

肝心の五十緒にどう連絡をつけるか。かれはしばらく思案し、今日から明日にかけ、石井家の下女に金をにぎらせ、彼女に手紙を届けさせようと決めた。

――深い仔細《しさい》があり、お城下から立ち退くことにいたした。情あらば、それがしと他領に逃れともに暮らされまいか。そなたさまが置かれた苦衷は、すべて心得ている。それがしの立ち退きは急を要する。ご同意ならば、退去家出の支度をなし、およそ五つ(午後八時)から五つ半(同九時)ごろ待たれるべし。合図は雨戸に小石を放る。

禁足のお沙汰を受けてから三日目、石井家の下女は清十郎の懐柔にうなずき、五十緒にかれの手紙を届け、折り返し、承知の返事を口頭で伝えてきた。

決行はいよいよ今夜である。

昨夜、それとなくこっそりうかがったところ、竹田伝兵衛の下城は五つ半だった。

今夜もかれの下城は、おそらくその時刻だろう。

「すまじきものは宮仕え。わしの禁足もあと二日。そなたたちは今夜は早くやすむがよかろう。わしも早々に寝ることにいたす」

清十郎は謎《なぞ》めいた言葉を源助夫婦にもらし、夕食をすませ、自分の居間に引きこもった。

春の夜が更けていく。どこからともなく辛夷《こぶし》の花の匂《にお》いがただよってきた。

半刻《とき》（一時間）ほどあと、居間で草鞋《わらじ》をつけ、旅支度をととのえた清十郎は、足音をしのばせ屋敷を抜け出した。

通行手形はかつて村廻りをしていただけに、いつも身辺に置いていた。

これに役職は記されていない。篠山藩士の身分を「無紛御座候《まぎれなく》」と書き、各藩御番所無相違御通可被仰候《あいたがいなくおとおしおおせられるべくそうろう》　諸藩御関所御役人中　村々御役人中――と記されていた。

お城の本丸御殿が薄闇のなかにそびえ、二の丸御殿から小さな明かりがもれている。

遠くに坤御門を望む木立ちのなかに、清十郎はそっとひそんだ。

すでに父も母も鬼籍の人となっている。

十一歳のときから十四年にわたり暮らしたお城下。だが闇の中に沈んだ屋敷町を眺めても、愛惜など少しも感じなかった。

懐かしいのは、ただ自分に目をかけてくれた風変わりな亡き肥後坂蔀《しとみ》の面影だけだった。

わしはこの篠山藩に縁が薄く、知友を得られなかったことで、怨《うら》みすら抱いている。そんななかで親しんできたのは、郡同心の奈倉弥助や村々の百姓たちばかりだった。貧しく汚らしく弱そうに見えながら、実は貪欲《どんよく》。だがこれは誰でもそなえる人間の本質。かれらはぼろ布を着て懸命に生きている。

その姿が清十郎はたまらなく好きだった。

もっともらしく裃《かみしも》をつけ、偉そうに構える家中の面々。虚飾に装われたかれらと同一の生活は、もはや自分にはふさわしくなかった。

小さな時から胸をときめかしていた五十緒を連れて逃げ、敵に追われながら、漂泊の人生を送る。謹厳に暮らした父母の薫陶より、数年間だけだが、自分は肥後坂部から多くの師承を受けたにちがいないと、清十郎は闇にひそみ、考えたりしていた。

城中の太鼓櫓から、五つを告げる音が大きく届いてきた。

ほどなく坤御門から、提灯の明かりが出てきた。

かれは旅嚢《りよのう》の紐《ひも》と草鞋の結び目を確かめ、そっと木立ちの中から姿を見せた。

提灯の明かりが次第にこちらに近づいてくる。

竹田伝兵衛をさらに寄せつけ、かれや供の中間の叫びが、御門番衆にきこえない距離に達したとき、清十郎はぬっと二人の前に姿を現した。

「無礼者、そなたは何者じゃ。人ちがいいたすな。わしは郡奉行の竹田伝兵衛。うかつをいたすと、あとで後悔いたすぞよ」

伝兵衛はいきなり目の前に現れた黒い影にむかい、幾分、驚いた声を奔《はし》らせた。

「郡奉行どの。わしは重蔵清十郎。人ちがいではないわい。いささか思う仔細あって、お命を頂戴《ちょうだい》つかまつる」

清十郎は刀の柄《つか》をにぎり、伝兵衛に笑いかけた。

「こ奴、まことに重蔵清十郎。おぬし、わしを笑わせまい。おぬしごときの腕で、わしを斬れるはずがなかろう。わしとて、徒《いたずら》に藩道場で一瀬《いちのせ》修蔵に剣を学んできたわけではない」

一瀬修蔵の高弟、伝兵衛のもう一つの顔であった。

「どうほざかれようが、郡奉行どののご勝手じゃ。わしもいまは亡き肥後坂部どのから、ひそかに東軍流を学んできたわい。いまそれを見せてつかわす」

かれの身体が怪鳥の速さで地を蹴《け》って飛び、伝兵衛の後ろで身をすくめていた中間に、まず鋭い峰打ちを食らわせた。

短い叫びを発し、中間の身体が路上に崩れこんだ。

すさまじい迫力であった。

「見たか伝兵衛、おぬしを討てば、出稼ぎ制限が撤廃いたされよう。民百姓を救う道はほかにないのじゃ。権勢をひけらかし、農本一筋の頑迷固陋《ころう》もこれまでと覚悟いたせ。あの世にまいり、人は見かけによらぬと、閻魔《えんま》の庁で告げるがよかろう」

刀をひるがえし、清十郎はじりじりと伝兵衛に迫った。

中間の手から落ちた提灯が地面で燃えあがり、二人の姿を闇の中に明るく照らし出した。

伝兵衛が清十郎の姿を驚いた目で眺め、刀の柄に手もかけず、狼狽した声で、待て、まずはと制した。

「なにをいまさら。さては臆《おく》したのじゃな。言葉を返してもうすが、おぬしの腕ごときでわしを斬れまい。この世の見納めにわしの剣を受けるがよい――」

裂帛《れっぱく》の気合いが、提灯の火の燃えつきた闇にひびいた。

肩先から鮮血を噴《ふ》き出させ、伝兵衛の身体がどっと倒れこんでいった。

奈落《ならく》の町

――道連れにわれと往かばや冬の蝶《ちよう》
――蕎麦《そば》食ふて残り少ない銭袋
――淋《さび》し身のよそにゆくまい野の鴉《からす》
――月冴《さ》えてなに潜みをる冬の山

旧暦七月十六日、いまの暦になおせば八月中旬、京では送り火がすみ、さまざまな盆行事が終わった。

東山・如意ヶ岳の大文字をはじめ五山に火をともし、あの世に精霊を送るこれは、すぎゆく夏を告げる京の風物詩としてひろく知られている。

だが、夏の暑さは容易に衰えないばかりか、連日、猛暑がつづいていた。

昼すぎ、初秋の青空に雲がわき、ひと雨ぱらついた。しかし雨雲が消えると、かえってむっとした暑さが肌にからみつき、その不快さはひとかたではなかった。いつもなら北舟橋町の長屋にも、堀川で水遊びをする子どもたちの歓声がとどいてくる。

ところが今日は、そのひびきすら絶えていた。

重蔵清十郎はそよとも動かぬ軒先の風鈴に、ときどきそうもない息をふうっと吹きかけ、高枕《たかまくら》を引き寄せ、また横になった。

破れた団扇《うちわ》をつかみ、胸許をあおいだ。

北舟橋町の長屋は、堀川筋から狭い路地を入って二軒目。突き当たりに、長屋の人々が用いる井戸の板屋根が見えている。

五十緒《いそお》は昼前から、祇園《ぎおん》新橋の料理茶屋へ働きに出かけ、彼女が清十郎のためにととのえていった昼食が、布巾《ふきん》をかけ、茶袱台《ちゃぶだい》の上に乗せてあった。

北舟橋町の町名は、昔、精華《せいが》三家の一つ船橋家が、屋敷を構えていたからだという。

長屋の路地を表に出てすぐ目につく堀川は、京の北から南に流れ下っている。平安京が建設された当時は、川幅が四丈（約十二メートル）もあったといい、資材を運搬するのに大いに利用された。鎌倉時代末期につくられた「一遍上人絵伝」には、材木を筏《いかだ》に組んで堀川を運ぶ光景が描かれている。

時代が下るにつれ、川幅は狭くなってきたが、それでもいまも五間《けん》半ほどあり、水がいつも豊かに流れていた。

堀川のむこうに、緑の木立ちにつつまれた禁裏や仙洞御所が見え、東のはるかに、如意ヶ岳に連なる東山の峰々が望まれた。その北には比叡山《ひえいざん》が大きくそびえている。十一歳のときまで京で育った清十郎には、山や町のたたずまいだけではなく、なにもかもが懐かしかった。

篠山《ささやま》城の坤《ひつじさる》御門外で、かれが郡《こおり》奉行の竹田伝兵衛を討ち果たしてから、すでに三年余りがすぎていた。

享和《きょうわ》二（一八〇二）年、この年十月、土井大炊頭《おおいのかみ》利厚が京都所司代を退き、重蔵清十郎には旧主となる青山下野守忠裕《しもつけのかみただやす》が、後任につくことになる。

当時忠裕は三十五歳。若いころから江戸幕府のなかで巧みに身を処した結果、寛政《かんせい》四（一七九二）年には奏者番となり、翌年から寺社奉行を兼ね、同十二年には大坂城代、つぎが京都所司代だった。

こうした歴任は、幕府の老中になる最短の道といわれた。事実二年後、老中に任ぜられた忠裕は、天保《てんぽう》六（一八三五）年に致仕するまで、実に三十一年にわたり、幕府の要職について執政に当たり、文政《ぶんせい》十（一八二七）年には一万石を加増されている。

幕府の枢要《すうよう》につくのは大任であり、忠裕はほとんど在府していた。そのため藩政は国許の御用所にまかせきりで、それが原因して、篠山領内では減免騒動や越訴《おっそ》が頻発した。だが、重蔵清十郎が竹田伝兵衛を討ち果たした酒造出稼ぎの問題の処置は早かった。竹田伝兵衛が襲われた翌年の春、かねてから制限の撤廃を望んでいた多紀郡市原村の清兵衛が、ひそかに江戸にむかい、藩主の青山忠裕に領民の窮状を直訴したのである。

この結果、清十郎が五十緒をともない、仇討ちをのがれるため、山陰や北陸を転々としていた三年間に、百姓有利の状態で決着がつけられていた。

すなわち秋の彼岸から春の三月中までの約百日間、大坂、池田、伊丹への百日奉公は、領民一同の勝手次第となったうえ、杜氏《とじ》と脇杜氏《わきとじ》（見習）に限り、夏季三十日の夏居も許された。

事実上、篠山領民の他領への出稼ぎは、酒造出稼ぎだけではなく、自由となったのである。

藩主の忠裕が、国許の事情を調べ、出稼ぎ禁止の撤廃を命じたのだ。

ただし市原村の清兵衛は、幕府が禁じる直訴を行った廉《かど》で捕らえられ、唐丸籠《とうまるかご》で国許に押送され、十一年間もの牢《ろう》入りの沙汰《さた》が下された。

これら篠山藩領の推移は、清十郎の耳にもとどいていた。

だが、その結果を喜ぶどころか、かれは一族の加勢を得た竹田伝兵衛の遺児による仇討ちを恐れて、逃避行を重ねたすえ、この初春、やっと北陸の加賀藩領から京にたどり着いたのであった。

脱藩したとき、所持していた十三両の金はすべて使い果たし、清十郎は無一文にひとしかった。

かれが助力を仰いだのは、父七良左衛門《しちろうざえもん》の同門、川越藩京留守居役の樋口源左衛門。清十郎は、京の柳馬場二条下ルに構えられる川越藩京屋敷の長屋門を、人目を気にしながら叩《たた》いたのだ。

「どなたさまでございましょう」

陽に焼けたうえ、旅塵《りょじん》にまみれ、疲労困憊《こんぱい》した清十郎を眺め、川越藩邸の門番の一人は、不審な表情でたずねかけた。

「二十年ほどまえ、お留守居役さまにお目をかけていただいた重蔵清十郎だと、お取りつぎくださりませ」

かれは、与謝蕪村の門人として暮らし、道立《どうりゅう》の俳号を持つ樋口源左衛門の高齢を知っていた。それだけに、もしかすればすでに卒しているのではないかと、危惧《きぐ》しながら答えた。

道立は、すでに六十五歳になるはずだった。

「お留守居役さまなら、幸いご在邸でございます。ご姓名は重蔵清十郎さまともうされましたな」

「いかにもさようでござる」

かれは源左衛門の存命を知り、ほっと安堵《あんど》の息をついた。

「しばらくお待ちのほどを――」

門番はかれの後ろに隠れるようにして立つ五十緒にも、不審の目をむけ、足早やに屋敷の裏に廻りこんでいった。

二人の旅姿は、それほど粗末をきわめていた。

竹田伝兵衛には二子があり、かれを坤御門で討ったとき、嫡男の新太郎は十六歳だときいていた。

いま新太郎は十九歳になっている。

竹田一族のうち腕に覚えのある数人が、おそらく新太郎の加勢についているだろう。仇討ち本懐をとげるため、かれらは必死に自分を探し求め、諸国をめぐり歩いているにちがいなかった。

どこにかれらの網が張りめぐらされているかわからない。清十郎は十一歳のときまで京で暮らしていただけに、この京は最も危険な場所ともいえた。

川越藩京屋敷の門前で、源左衛門からの返事を待ちうけるいまも、いきなり伝兵衛の嫡男や加勢の討っ手が、名乗りをあげ、自分に斬《き》りかかってくる恐れもあった。

——短夜《みじかよ》の眠りを覚す籾枕《もみまくら》

——梅雨のきて髪の汚れのうとましさ

藩の郡役所《こおりやくしょ》に出仕し、村廻りをしていたころから用いている句帳に、清十郎はこんな句を記していた。

——寒風やどこに往きたる去年《こぞ》の雲

かれが詠む句は、どれも仇討ちをのがれ、苦渋の旅をつづける悲哀のにじむものばかりであった。

「もはやわしが頼れるのは、京にご在住の樋口源左衛門どののほかにない。京は篠山藩領に近く、京屋敷もあるゆえ、敵の眼を恐れねばなるまい。だが子どものころ住んでいただけに、土地にも明るく、生活の道も何かと選ぶことができる。ただ京は所司代や町奉行所、ならびに町の式目が、ゆえなき武士や浪人の止住を禁じている。そのため彼の地に住むのはむつかしいが、源左衛門どのがいまだご存命ならば、ご助力をいただけるかもしれぬ。またかえって討っ手の目をはぐらかしもできる。竹田の討っ手は、まさかわしが武士の止住にうるさい京にひそむとは、考えまいからなあ」

逃避の旅に疲れきった五十緒にも相談をし、やっと二人は川越藩京屋敷にたどりついたのであった。

かれと五十緒は、じりじりして再び門番が現れるのを待ち構えた。

脛当《すねあ》てをつけた門番の一人が、やがて急ぎ足でもどってきた。

あとに残されていた門番が、なぜかほっとした目を清十郎と五十緒に投げかけた。

「お待たせもうし上げました。お留守居役さまには、台所にお廻りいただき、濯《すす》ぎをおすましのうえ、ご自分の居間にご案内いたせとの仰せでございました」

中年すぎの門番は、最初のときと打って変わった丁重な態度で、清十郎に告げた。

「それはかたじけない。なにしろこのありさまではのう」

門番は自分たちの服装や汚れのほどを、源左衛門に伝えたにちがいない。清十郎は陽焼けした顔に自嘲《じちょう》を浮かべ、門番にしたがい、台所口に廻った。

下女がすでに濯ぎ盥《だらい》を二つととのえ、清十郎と五十緒を待ちうけていた。

「ご造作をおかけもうす」

「もうしわけございませぬ。濯ぎを使わせていただきまする」

二人はまず脚絆《きゃはん》の紐《ひも》を解き、手甲を脱いで台所の縁に腰をおろした。

「お手伝いいたします」

下女が襷《たすき》をかけ五十緒に近づいたが、彼女は荒れをただよわせた美しい顔を横にふり、それを断った。

やがて二人は足を洗い終えた。

「お留守居役さまのお居間にご案内いたしまする」

途中から現れ、台所の床《ゆか》にひかえていた初老の武士が、清十郎をうながした。

「もうしわけござらぬ。それではお願いもうす」

かれは案内の武士に低声で答えた。

樋口源左衛門の居間は、台所からあまり離れていなかった。

諸藩が京に藩邸を設けているのは、儀礼式典に通じ、有力な公家や社寺と誼《よしみ》を重ねておき、藩主の官位昇進に便宜をはかってもらうためだった。さらには重層的文化をもつ京の品物を、国許に買い付ける目的もかねていた。

代表的なものは、西陣で生産される美しい染織品。一方、京藩邸は、国許の物産品を京大坂で売却する用も果たしている。多くの藩は、市中の商人を呉服所と名付け、用達商人に指定し、川越藩の呉服所は、下立売新町《しもたちうりしんまち》西の石野屋長右衛門がつとめていた。

「お客人をご案内つかまつりました」

初老の武士が片膝《かたひざ》をつき、歩廊から声をかけた。

「ご苦労じゃ。中にお通しもうせ」

「かしこまりました。いざお入りくだされ」

襖《ふすま》が開かれ、清十郎は居間のなかに目を這《は》わせた。

机にむかいなにか書きものをしていたらしい源左衛門が、筆をおいて、こっちにむき直る。

清十郎はかれの視線から目をそらし、居間のなかに通った。

五十緒は外にひかえさせていた。

「確かに清十郎じゃ。昔の面影が顔にそのまま残っておる。お連れのご婦人を外に置いておくこともあるまい。ともに入っていただけ」

かれから柔和な声でうながされ、五十緒は清十郎のあとにつづいた。

「樋口源左衛門さま、一別以来でございまする。ご健勝の体《てい》を拝し祝着至極、突然お訪ねいたしましたご無礼、何卒《なにとぞ》、お許しくださりませ」

五十緒を後ろに坐らせた清十郎は、改めて両手をつき、かれに挨拶《あいさつ》した。

「まことに一別以来。そなたから七良左衛門どのが卒しられたとの手紙をもらい、弔意を伝えてから何年になるかな」

「四年でございまする。あのおりはまことにありがたく、弔句《ちょうく》までいただき、かたじけのうございました」

「あのおりの句は、西空に手向けん春の花ひとつ、そうじゃったのう」

「はい、その通りでございまする。お心のこもった一句をいただき、亡き父もさぞかし喜んでおりましょう」

「わしは今年で六十五歳にあいなるが、さればさして耄碌《もうろく》いたしておらぬと、もうしてもよいのじゃな」

「いかにも、もちろんでございます」

「蕪村どのがご存命のころ、そなたも七良左衛門どのにしたがい、俳句をひねっていたはずじゃが、その後はいかがしておる」

「お恥ずかしゅうございますが、ときどき思い出しては、下手な句を詠んでおりまする」

「おお、それはよい心掛けじゃ。俳句は心の憂《う》さを散じさせ、生きる張りを与えてくれる。いずれそれらの句を披露してもらおうぞ。師の蕪村どのがお亡くなりになり、すでに十九年にもなる。わしも長生きをいたしたものじゃ。そろそろお留守居役の職から退《の》き、隠居いたさねばと思うている」

「六十五歳だともうされましたが、わたくしにはさように見えませぬ」

「蕪村どのは六十八歳で亡くなられた。それまでわしもあと三年じゃ。ところで清十郎、七良左衛門どのの後をつぎ、そなた篠山藩の大蔵奉行についたはず。それが三年ほどまえに、郡奉行となにやら諍《いさか》いを起こし、藩から逐電いたしたとの噂《うわさ》をきいたが、いかなる仔細《しさい》があってじゃ。各藩の京留守居役とも、それぞれ顔を合わせる機会もあり、会えば親しく言葉を交わす。だがわしとて、篠山藩の留守居役と昵懇《じっこん》とはもうせ、藩の内紛に関わることとなれば、むくつけにたずねるわけにもまいらぬ。脱藩に逐電、しかもご婦人を連れてとは、容易ではない。わしを頼って上洛《じょうらく》したからには、隠さず有体《ありてい》にもうせ」

初め柔らかなものいいをしていたが、ここで源左衛門は、急に厳しい表情を見せた。老いを深めた目が、鋭く清十郎の胸底をうかがった。

「はい、肝心なところはそれ。源左衛門さまには是非ともきいていただかねばなりませぬ。実はわたくし、冬季、労銀を稼ぐため、篠山藩の領民が摂津などへ出稼ぎにまいるのを、厳しく制限いたそうとはかる郡奉行の竹田伝兵衛どのに、反対いたしたのでございます。あげく諍いのうえ、当人を斬って脱藩いたしました。伝兵衛どのは筆頭家老の一族、当人を斬らねば、制限がさらに厳しくなるとの存念からでございまする」

清十郎は源左衛門の強い視線を避けてつづけた。

「な、なんじゃと。郡奉行を討ち果たしての脱藩じゃと。何と馬鹿《ばか》な。そなたがいまもうした篠山藩の出稼ぎ制限は、先般、大坂城代につかれている藩主忠裕さまのご裁可で、撤廃されたというわい。結果そなたは仇持ちとなり、女子《おなご》をともない、世の中から逃げての旅ともうすわけか。なんと虚しい道行きじゃ」

樋口源左衛門は、顔を急に悲痛にゆがめた。

藩政の是非をめぐり、旧知の清十郎が家中で確執を起こし、重職の一人を討ち果たした。その問題は領民の直訴をうけた藩主により、清十郎の主張通り決着がつけられた。しかし一人は討たれて非業に死に、討った当人は、仇討ちを恐れて諸国を逃げ歩いている。

この経過は、藩政に関わる者の哀しい宿命であると同時に、なにがしかの滑稽《こっけい》さをともない、源左衛門は無性に腹立たしかった。

いま自分の口から制限の撤廃をきいた清十郎も、おそらく同じ悲哀を感じているはずであろう。

後ろにひかえる女性が、驚いた目でかれの横顔を眺めているのが、源左衛門の胸を痛くうった。

「源左衛門さま、とののご裁可のほど、わたくしもすでにききおよんでおりまする。されどあれもこれも、いまとなればなんとも仕方のない仕儀。すべてが徒労、無益な生死としかいいようがございませぬ。わたくしが討ち果たした郡奉行の竹田伝兵衛どのとて、あの世で同じようにお思いでございましょう。伝兵衛どのは、為政の基は農にありとして、藩の領地を豊かにいたされんと考え、出稼ぎに強い制限をと主張されていただけ。まことは誠心のお方でございました」

「お互いそれを悔いたとて、今更どうにもならぬわ。それよりそなたがいま思案いたさねばならぬのは、郡奉行の仇討ちを果たさんとしてそなたを追う討っ手から、なんとかして身を隠し、この京でしばらくの間でも生きのびることではあるまいか。清十郎、そなたは窮したすえ、進退極まりわしを頼ってきたのであろうが。窮鳥懐に入れば猟師も殺さずともうす。わしは七良左衛門どのと同じ蕪村門の一人として、そなたを粗略にはいたさぬつもりじゃ」

「ありがたいお言葉ではございますが、わたくしをいかがいたされるおつもりでございまする」

清十郎は苦い顔のまま、かれにたずねた。

「いかがするもなにもない。ただ身を隠す手伝いをいたすだけじゃ。ただし路銀は貸せぬぞ。討っ手に追われ、諸国を逃げ回っての暮らしなど、もはやあきあきしたはず。さような暮らしは、どれだけ銭があったとていたすべきではない。名前を変えて京で生きる方法を考えるのじゃ。この川越藩邸で匿《かくま》えまいかと思案いたさぬでもないが、もし篠山藩の者に知られれば大事になる。わしは藩の呉服所をもうしつけている下立売の石野屋長右衛門に頼み、川越藩ゆかりの者として、どこかの長屋に住まわせてもらおうと思うが、いかがじゃ」

樋口源左衛門はすでにそこまで思案をめぐらしていた。

「呉服所の商人に相談をおかけくださいますと」

「それがいかがした――」

「どうもいたしませぬ。ただただ仇持ちをかばってくださるとはありがたいと、感謝いたすのみでございまする。十一歳まで京に育った身、馴染《なじ》み深い京でなら、土地柄もわきまえており、いずれ生活《たつき》をたてる道も自分で考えられましょう」

「それそれ、そこのところが大事なのじゃ。またそなたも存じている通り、武士や浪人が京住まいいたすは、さまざまに面倒。敵もよもやそなたが、そんな京にいるとは考えまい。長右衛門は義侠《ぎきょうしん》心に富んだ男でなあ。わしの頼みとあらば、きっときき届けてくれよう。まあ安心いたせ――」

その日、源左衛門はさっそく藩邸に長右衛門を呼び寄せ、相談をかけてくれた。もちろん清十郎が仇持ちだとはあかさない。どこまでも川越藩ゆかりの者としての話であった。

「佐野清十郎さまともうされまするか。ご用人さま、ようございます。この長右衛門がお引き受けさせていただきまひょ。幸い堀川筋の北舟橋町に、手前がもつ長屋の一軒が空いてますさかい、そこにお住みいただいたらいかがでございまっしゃろ。わたくしは町年寄をつとめております。そやさかい、ほかの町年寄にも相談がかけやすおすわ。自分のもち長屋、それにこのわたくしが請人《うけにん》（保証人）になれば、誰からも文句いわれしまへん。まかせておいておくんなはれ」

佐野清十郎と名前を改めたかれは、父の同門樋口源左衛門の尽力で、難なく北舟橋町で長屋住まいをはじめた。

無一文になっていた清十郎に、源左衛門は当座の金と、師の蕪村が描いた一幅の絵を与えた。

京留守居役をつとめているとはいえ、かれの懐中もさして豊かではなかったのだ。

蕪村の描いた画幅は、生前には同時代の池大雅《いけのたいが》や円山応挙《まるやまおうきょ》にくらべ軽く評されていた。だが死後、にわかにかれの絵は高価になり、評価は一気に確立した。

上田秋成は『胆大小心録』で「蕪村が（の）絵はあたひ今では高間の山桜花」と記し、橘南谿《たちばななんけい》の『北窓瑣談《ほくそうさだん》』は「近来、蕪村が俳諧《はいかい》才気秀抜、其作皆、人意の外に出づ。学びて到るべきの事にあらず。其人天然の才なり。画亦《また》妙品、其中能《よく》出来たる山水などは、近世前後に並ぶ人なし」とまで賛辞を与えている。

しかし、こうして北舟橋町での暮らしをはじめたものの、清十郎に必ずしも平穏は訪れなかった。

かれを一番に悩ませたのは、五十緒の飲酒癖。彼女が酒をたしなむことは、以前から知っていた。だが篠山城下から脱藩し、各地を漂泊している間に、その酒量はさらに増していたのだ。

「わたくしが酒を飲むのは、心の憂さを忘れたいからでございますよ。娘のころお城下の駒鞍山へ桜見物に出かけ、家中のお人たちに、こっそり瓢《ひさご》の酒を飲んでいるところを見つけられ、にわかに悪評をたてられました。されどあれさえなければ、わたくしの酒癖もこれほどにはならなかったのではないかと、いまでは思うたりいたします。両親からひどく叱《しか》られ、世間から白い目でみられるのに反発し、隠れて酒を飲むようになりました。酒の酔いが、わたくしの気持を穏やかにし、憂さを忘れさせてくれるからでございます。一度家中で立てられた悪い噂が、わたくしの一生を、とんでもない方向に歪《ゆが》めてしまいました」

篠山城の坤御門外で竹田伝兵衛を討ったあと、手紙で打ち合わせていた通りに、彼女を連れ出した。真夜中の道を急ぎ、まず福知山領にのがれたが、それから夜毎、酒を飲むたび、少しずつ五十緒の告白がつづいた。

酒を飲んでも彼女は決して泥酔しなかった。

盃を重ねるにつれ、陽気になり、饒舌《じょうぜつ》に変わってくる。そして色っぽい際どい話でも、さらりといってのけたりするのである。

十八歳のとき、屋敷の中間《ちゅうげん》として雇われていた又蔵と深い仲になった顚末《てんまつ》も、五十緒は酔いにまかせ、自分から白状した。

「家中のお人たちから、石井の娘は酒のみであばずれ、どこからも嫁に望まれまいと噂されておりました。そんなおり、相手が中間でも優しくされれば、つい情がわくものでございますよ。又蔵はご領内の黒田村から奉公にやってきた二十の男。生まれは貧乏な百姓の次男でしたが、わたくしとは馬が合い、また家中の若侍よりずっと男らしく、わたくしは好きでございました。又蔵に肌身を許したあと、二人の仲を父に気付かれ、ふしだらだの不義密通だのと罵《ののし》られ、ひどい折檻《せっかん》をうけました。けれどもわたくしは父にいってやりました。身分の低い中間でも、自分が好きであれば、それでよいのではありませぬか。たとえ勘当され他国に流れていっても、又蔵と夫婦になりたいと懇願したのですよ。ところが父は、身分がちがいすぎる。青山家の譜代衆として世間体を考えろだの、おまえはご先祖さまに対してもうしわけがないとは思わぬのか、の一点張りでございました。あげくは駆け落ちしようとしていたところを、家の者にみつかり、又蔵は理不尽にも父から罵倒《ばとう》され、追い出されてしまいました。わたくしの泣き叫ぶ声やあの騒動、清十郎さまも、きっとおききになられたはずでございましょう。もっともこんなことより先に、わたくしは清十郎さまが好きでございました。まだ子どもだったころ、お嫁にまいるなら清十郎さまの許にと考えておりました。ところが十六、七のとき、ご親《しん》戚《せき》の翠《みどり》さまとすでに親が決めた許婚《いいなずけ》の仲と母からきかされ、それはがっかりいたしました。中間の又蔵に身を預けたのも、あなたさまへの面当てだったのかもしれませぬ。普請奉行所勘定方の小野半右衛門の後妻として嫁ぐしか、わたくしに生きる道はございませんでした。その後のありさまは清十郎さまもご存知。小野半右衛門の妻として暮らしながらも、わたくしはあなたさまのことを、一日たりとも忘れた覚えはございませんでした」

　適量の酒が入ると、五十緒は普通の女性なら決して明かさない男との関わりも、あけすけにべらべらと話した。

「五十緒、そなたはわしのことを一日たりとも忘れた覚えはないともうしているが、まこと忘れられないのは、初めて肌身を許した中間の又蔵であろうが。そもそもそなたのこの身体が、淫蕩《いんとう》にできていることぐらい、すでにわしはよく存じておる」

酒に酔っていると、清十郎も急にみだらな笑いを頰《ほお》ににじませ、五十緒の身体にかぶさっていくのであった。

お互い声をひそめ、激しい痴態をくりひろげた。

いつ仇討ちが現れるかしれない。敵に追われる死の恐れが、清十郎と五十緒の欲望をさらにかき立てるのか、二人の交わりはいつも獣じみていた。

やがて疲れ果て、二人はぐったりとなる。

「五十緒、そなた夫の小野半右衛門どのを刺し殺したのは、一体誰だと思うている」

清十郎は自分の右腕を枕として、甘い息をつく彼女にたずねかけた。

「大目付さまや町奉行所がどれだけ下手人を探しても、おわかりになりませんでした。半右衛門は人当たりこそ悪うございましたが、人さまから怨《うら》みを受けるお人ではありませぬ。清十郎さまは半右衛門を殺害した男に、お心当たりでもございますのか——」

彼女は急に眉《まゆ》をひそめ、顔付きを堅くして、清十郎に問い返してきた。

「こ奴、自分の胸に覚えをもちながら、知らぬふりをしおってからに。やはりそなたはあばずれ女じゃ。自分ではっきりそうだともうせ」

清十郎は荒れた気持で、五十緒の下肢をまたまさぐるのであった。

「あなたさま、わたくしは淫蕩なあばずれ女、お酒と殿御がなければ生きていかれませぬ。こうもうせばよろしいのでございましょう。夫の半右衛門を殺したのは中間の又蔵。あなたさまはさように考えておいでなのですね。わたしもそうではないかと思うております」

彼女はまた息を荒らげ、清十郎の胸にすがりついてきた。

「なるほど、いっそ正直でいいわい。そなたのこの身体が、半右衛門を殺害したのは中間の又蔵だと、素直に明かしている。又蔵の奴は、そなたの身体を自由にもてあそぶ半右衛門どのが、妬《ねた》ましかったのであろうよ。又蔵の奴がどこに居たかはともかくとして、考えるにつけ、妬ましい気持が憎しみにと変わってきた。それがついには殺意となり、半右衛門どのは又蔵の手にかかったのじゃ。それに相違なかろうが、わしもえらい迷惑な疑いを引き受けたものじゃ。なぜならそなたを小野の家から連れ出し、このように手に手を取って脱藩したからには、半右衛門どのを殺害したのは重蔵清十郎。つまる証拠は、嫁女の五十緒を連れ出し逐電したではないかと、家中で噂されているに相違ないからじゃ。半右衛門どのを刺した手口と、竹田伝兵衛どのを斬った手口、二つのちがいに注目いたす人物は、家中にそれほどおるまい。世間は単純に二つを一つにして考えよう。わしは竹田と小野の両家から、ねらわれる破目になってしもうたのじゃ。全く損な役割をしたものよ」

自虐的な笑みを浮かべ、清十郎はぐっと五十緒の身体を抱きしめる。

「清十郎さま、あなたさまはそれをご承知のうえで、わたくしに逐電いたさぬかとお声をかけてくだされたのでございましょう。わたくしは半右衛門どのが生きておられればともかく、死なれたあと、小野家の姑《しゅうとめ》と義理の子に手を焼き、どうして暮らしていくやらと、悩み切っておりました。清十郎さまにお誘いいただき、わたくしは子どものころに抱いていた夢が、やっとかなえられたと思い、それはうれしゅうございました。清十郎さまもわたくしと同じ思いのはず。これでよかったのではございませぬか。二人の男に抱かれましたが、それもいまとなれば詮《せん》なきこと。清十郎さまほどのお人が、まさか焼餅《やきもち》を焼かれているとは思いたくございませぬ。女子《おなご》の身体ともうすものは、たびたび男の手でいたぶられ、熟してまいるのでございますよ」

人間の一生など、どうせたかがしれている。

毀誉褒貶《きよほうへん》に一喜一憂するのも、まともな暮らしをつづける人間に限られるはずである。

五十緒は妖艶《ようえん》な笑いを白い顔に浮かべ、淫《みだ》らな言葉を無遠慮にささやき、清十郎の欲望をかきたてた。

人前ではつつましくしているが、そんなときの彼女は、あらゆる虚飾をかなぐり棄て、一匹の淫獣になり変わる感じだった。

「この女は生まれつき、こうした性《さが》をそなえているのだ。自分はいま、生来暗い宿業を負った女子と、地獄への道をたどっている。お互いさまといえばお互いさま。いっそ格好の道連れというべきかもしれぬ」

一年、二年と歳月がたつうちに、こうした荒《すさ》んだ気持が、清十郎の胸裏に澱《おり》のように沈んでいった。

自分に討たれた竹田伝兵衛の嫡男新太郎は、いまごろ自分を探し求め、どこを歩いているだろう。土埃《つちぼこり》にまみれた袴《はかま》。背中に旅嚢《りよのう》を負い、当てどもなく諸国をさすらっているにちがいなかった。

父を討たれ、若い身空で哀れだとも思う。

もし自分を探しつくせなければ、かれはおそらく一生を棒に振り、やがては絶望して、行方知れずとなるに決まっていた。

依怙地《いこじ》で愚直な父親をもった子どもは、不運だ。だが反面、いまのかれの悲哀は、篠山藩領に住む百姓たちの凱歌《がいか》となっている。

藩主の青山忠裕《ただやす》が、大坂城代から役替えで京都所司代の任につき、二条城北の所司代屋敷にやがて到着すると耳にした。そのとき清十郎は、よほど名乗りをあげ、哀れな新太郎に仇討ちをとげさせてやろうかとさえ考えた。

樋口源左衛門の世話で、北舟橋町に住みはじめてから半月後、五十緒は髪も服装も町女房の姿に変えた。生活のためといい、祇園新橋の料理茶屋へ働きに出かけた。

「武士の娘として誇り高く気ままに暮らしてきたそなたが、町人を客といたす料理茶屋などで、つとまるわけがなかろう。わしも変装のため、髷《まげ》を切り落として総髪《そうはつ》にいたした。いまこそ石野屋で帳場の手伝いをときどきいたしているが、そのうち長右衛門どのにも相談して、手習いの師匠でもして稼ぐゆえ、やめにいたせ。とんでもない気紛《きまぐ》れじゃ」

彼女は長屋のむかいに住む高助とお夏夫婦から、働き口を探してもらったのであった。

高助とお夏の夫婦はともに三十歳。子どもがなく、夫婦して祇園末吉町の料理茶屋で、料理人と仲居として働いていた。

「あなたさま、わたくしはすでにずっと昔、武士の娘として生きる誇りなど捨てておりますよ。いつまでも川越藩のお留守居役さまや、石野屋さまのお世話になっているわけにはまいりませぬ。少しでも金を蓄えておき、いざとなったら、また旅路につかねばなりますまい。そのときに備えるためにも、わたくしは働きにまいらせていただきます。調理場の下働き、お夏さんのように仲居でもなんでもいたします。料理茶屋での働きさえ身に覚えておけば、どこにまいりましても、あなたさま一人ぐらい、わたくしの手で養っていかれます。何卒《なにとぞ》、ご安心しておられませ。下世話なことをもうしますが、世間には女子の紐とか、間夫《まぶ》とかもうす言葉もございますよ。追っ手の目からのがれて生きるには、それがよい世過ぎかもしれませぬ。あなたさまこそ、この町で生きるために、武士の誇りなど捨ててくださりませ。女子に稼がせ居食いするのを、恥とお思い召されませぬよう。ようございますなあ」

萌黄縞《もえぎじま》の着物に駒下駄《こまげた》姿で、最初、祇園新橋の料理茶屋「井筒」へ働きに出かけたとき、さすがに五十緒は緊張していた。だが日がたつと、彼女の表情は一変し、水を得た魚のように生き生きとしてきた。

「ご昼食の支度は、茶袱台の上にととのえておきました。夜はわたくしがお店を終えてもどってから。それでいかがでございましょう。お好きな俳句でもこしらえておいでになれば、半日ぐらいすぐすぎてしまいます」

井筒へいそいそと出かける五十緒は、いつも夜になってから、微醺《びくん》をおび長屋にもどってくる。

井筒の料理人がもたせてくれるのだといい、よく折り詰をたずさえていた。

「おいしいお料理はいただける。お酒のご相伴にはあずかれる。そのうえ給金までいただける。料理茶屋とは、女子にはうって付けのお仕事でございますよ。どこにまいろうとも、あなたさま一人ぐらい養っていけるともうしましたが、これでわたくしも安心いたしました」

五十緒は裾《すそ》を乱して横坐りになる。酔いの回った陽気な声で、清十郎にしなだれかかるのであった。

「さあ、あなたさまもおあがりになられませ」

料理茶屋からのもどり、近所の酒屋で買い求めてきた一升徳利を、両手でかかえ上げ、彼女は清十郎にすすめた。

初めのころこそ、苦《にが》い顔でそんな五十緒の酔いや物腰をみていたが、一カ月もすぎると小さな憤りや嫉妬《しっと》など全く感じなくなってきた。馴《な》れがかれを鈍感にさせたのである。

こんな生活が日常的になれば、潔《いさぎよ》い死など考えられなくなる。

竹田新太郎が自分の行方をかぎつけ、目前に現れたら、東軍流の刃をふるって、返り討ちにするのだと、かえって凶悪な考えが清十郎の気持を沸騰《ふっとう》させていた。

もともと身分を誇り、役儀を盾にして自分を脅しつけたのは伝兵衛だった。

かれは自分に斬られるべくして斬られたのであり、自業自得といえないでもなかった。

自分の腕ならどんな相手でも斬れる。

仇討ちの加勢が四、五人ついていても、篠山藩の家中、わけても竹田の一門のなかに、自分と対等で戦える手練《てだれ》は、一人としていないはずだった。

五十緒の稼ぎと自堕落な閑居。この二つが、清十郎の心を次第に蝕《むしば》んでいった。

それでもかれは、ときどきふと我にかえり、いまでは唯一堅実な暮らしの名残ともなっている句作にふける日もあった。

――木枯や夜寒の村の臼《うす》の音

――雪のきてあわててかむる古頭巾《ずきん》

懐かしい京の町辻《まちつじ》を歩き、清十郎は一句が浮かぶと、急いで矢立てから筆を取り出し、懐の句帳に書きこんだ。

頭を総髪にしたかれの姿は、誰が見ても公家侍か門跡寺院に仕える寺侍。それでも町を歩くとき清十郎は、油断なく周囲に警戒の目を配っていた。

「今日も外にお出かけになられたのでございますか。あまり毎日、出歩かないでくださいませ。いくら武家の町住まいを禁じている京とはもうせ、油断は禁物ではございませぬか――」

井筒からもどってきた五十緒が、かれの外出に気付き、眉をひそめて叱った。

「外では十分気を付けている。わしもまだむざむざ討たれたくないわい」

秀句ができた日など、清十郎は生きつづけることに執着を覚え、討たれて死ぬのが恐ろしいと感じ、背筋が粟立《あわだ》ったりした。

当然だが、死ねば句作ができなくなる。

「あなたさまはそうもうされますが、もし篠山藩京屋敷の方々にお出会いなされたら、いかがなされまする」

五十緒は料理茶屋の井筒で働いているときは、不器用でも京言葉を用いていた。だが、北舟橋町の長屋にもどってくると、武家言葉になった。

「そなたはさようにもうすが、外を歩くときは、できるだけ人の少ない通りを選んでおる。篠山藩の京屋敷といえども、そこに住んだのはわしが十一歳のおりまで。いまでは京屋敷に、わしの顔を見覚えている者はおるまい。たとえいたにせよ、この面変わりじゃ。出会うたとて、まさかわしとは気付くまい」

清十郎はここ三年ほどのうちに、すっかり面変わりした顔をつるっと撫《な》で、自嘲してみせた。

それほどかれの容貌《ようぼう》は変化していた。

篠山城に出仕していたころ、ゆったり悠揚としていた頬は、剃刀《かみそり》で削《そ》いだようにこけ、眼光が炯々《けいけい》と鋭くなっていた。

藩譜代衆の家に生まれ、何不足なく育ってきたものの、その後の遍歴が、身分や虚飾につつまれたかれの装いをつぎつぎに削ぎ落とした。清十郎が本来、精神のなかに秘めていた本質的なものを、剝《む》き出しに露呈させたのだ。

かれを一番身近に知る源助夫婦でも、おそらく見紛うほどだった。

自分は業俳者として生きるわけにもいかない。浅学のせいではなく、それで生きるには、多くの人々に接する必要があり、討っ手に消息を探知される危険が大きいからであった。

与謝蕪村が没してから十九年。かれの俳風を代表する作品集『其雪影《そのゆきかげ》』『一夜四歌仙』など『蕪村七部集』が刊行され、読書を重ねて俗を離れる「離俗論」は、卓越した俳論として広く注目されていた。

だが、芭蕉への復帰を果たし、これをさらに超越、感覚美の形象化をなしとげた蕪村以後、京の俳壇に新しい俳風はまだみられなかった。

蕪村門には、主な人物として、高井几董《きとう》、黒柳召波《しょうは》、松村月渓、吉分大魯《よしわけたいろ》、寺村百池、樋口道立、江森月居らがいた。

このなかで大魯は、道立（源左衛門）と同じく出自は武士。徳島藩を脱藩して上洛、俳号を馬南といい、夜半亭巴人《はじん》の重鎮望月宋屋門下の文誰《ぶんすい》に入門した。のち几董に誘われ、蕪村の弟子となり、蕪村から几董と双璧《そうへき》をなす「我門の嚢錐《のうすい》なり」とまで称賛されていた。

明和《めいわ》七（一七七〇）年春、蕪村が夜半亭一門の要請で、夜半亭二世を正式につぎ、室町通綾小路の家で文台開きを行ったとき、几董と大魯はつぎの作品を賀句として詠んだ。

——山々のあとから不二の笑い哉《かな》　馬南
——春風や楫《かじ》をてにはの湊《みなと》入り　几董
蕪村の死後、几董は夜半亭門下の業俳者として春夜楼中を結成し、自派の句集『初懐紙』を刊行、諸国俳壇の注目を集めた。

一方、馬南の俳号を改めた大魯は、大坂過書《かしょ》町に「長月庵」を構え、蘆陰舎《るいんしゃ》社中を結成したが、直情径行で短慮な性癖をもつかれは、師の蕪村が没する五年前の安永《あんえい》七（一七七八）年十一月十三日、京で薄幸な一生を終えている。

かれの話は、父の七良左衛門から常々きかされていただけに、清十郎はしきりに大魯の一生と自分のそれを重ね合わせた。

俳壇でいまでも噂される大魯とまではいかないが、やがては自分もかれのように、巷《こう》間《かん》の茅屋《ぼうおく》で虚しく死んでいくのかと考える。それにつけても、せめて秀句を集めた一冊でも、上梓《じょうし》できたらと思いつづけた。

このためには、どうしても討っ手の探索の目から逃れて生きつづけ、一つでも秀句を詠《よ》まねばならない。五年、十年あと、一冊の処女句集を上梓した中年すぎの武士が、自ら名乗りをあげて現れ、旅塵にまみれた青年武士に斬られる。

――のびる芽を摘まれて哀し藤《ふじ》の蔓《つる》

――何事もいふまじ椀《わん》の寒の月

そんな光景を想像すると、清十郎は気がせいてならなかった。

だが半月ほど前から、祇園の料理茶屋へ働きに行っている五十緒のようすが妙に変わり、かれの気持がおだやかでなくなってきた。もどりが夜おそくなり、ときには店に泊まったといい、朝帰りする日があったりするのである。

「夜が更けてから帰ってくるのは、なにかと危ないとお店の人たちからいわれ、昨夜は店に泊めてもらいました。心配かけてすんまへん」

朝帰りしたとき、彼女は疲れた顔で片手をついて詫《わ》びたが、顔付きにさして悪びれたようすはうかがえなかった。

かえってふてぶてしい表情がのぞき、夜、床についても清十郎に背をむけた。かれが手を伸ばすと、疲れているからとつぶやき、布団の襟を引き上げた。

「わしの手が厭《いと》わしいと思うほど、働かねばよいのじゃ。疲れておれば、どうして店を休まぬ。一日二日休んだとて、暇を出されまいに――」

昨夜もおそ帰りした五十緒を、清十郎はくぐもった声でなじった。

「あなたさまは、気楽にいわはりますけど、井筒で働いているお人たちにもそれぞれ都合があり、自分勝手はできしまへん。気ままをしてたら、お店にお世話してくれはった高助はんに、義理を欠きますさかい」

近頃《ちかごろ》、五十緒の言葉付きは、ほとんど京言葉になっていた。

このほうが気楽。もし井筒で武家言葉がひょいと出たりすれば、身許を怪しまれるというのが、彼女の理由であった。

それには十分理があり、清十郎は黙ってうなずいた。

「五十緒、このところそなたは随分変わったのう。この京にたどり着き、井筒へ働きに出かけたころは、わしを自分の手で養ってやる。追っ手の目から逃れて生きるにはこれがよい。どこに行っても稼がれるともうしていたが、それは一時の戯言《たわごと》だったのじゃな。そなた、わしが疎《うと》ましくなったのであろう。もしそうなら、正直にそれをもうせ。女子《おなご》のそなたを働かせ、居食いいたすのは、まことに男として不甲斐《ふがい》ないと思うている。そなたがわしを疎ましいと思い、抱かれたくもなければ、わしは綺麗《きれい》さっぱりと別れてとらせるぞ。お互い破鍋《われなべ》に綴蓋《とじぶた》。世間がどうもうせ、比翼の二人としてこれまでやってきたつもりだが、そなたがわしを足手纏《まと》いと感じはじめればもうそれまでじゃ。わしはどこへなりと去ってつかわそう。そなたの本性ぐらい、わしは十分に承知しておる。それが露《あらわ》になっただけのことじゃ」

布団から起き上がり、清十郎は五十緒に荒々しい言葉をはき付けた。男の欲望を無視された憤懣《ふんまん》、五十緒の稼ぎを当てにした生活。二つのどちらも、かれには屈辱的なものだった。

かつては互いに絶対必要としていた相手でも、人間は状況が変われば、心もうつろっていくものだ。

五十緒が自分の生きる道を見つけ、生きいきと暮らす場所を得れば、これまでの男の存在が邪魔になり、やがては重荷となるのは当然の結果だった。

最初、彼女は井筒で調理場の下働きをしていると説明していたが、客席に酌婦としてはべっていることぐらい、すでに清十郎は知っていた。

いまでは五十緒もそれを隠さなかった。

「今日の客は、北山の材木問屋の主とその顧客どしたけど、よければ新橋の界隈《かいわい》で店の一軒ぐらいもたせてやろうと口説《くど》かはり、うちの手を離さはらしまへんのえ。女子みたいなもんは、金さえひけらかせば靡《なび》くと決めつけ、ほんまに好かんたらしい男。客やと思うて辛抱してますけど、あんな男に誰が靡くもんどすかいな」

泥酔して駕籠《かご》でもどってきた五十緒の言葉で、彼女が酌婦として働いていることがはっきりした。

いまでは京の歓楽地、色町は、祇園が第一と思われている。だが江戸時代も末に近い享和期でも、祇園は有名な島原や伏見の撞木町《しゅもくまち》にくらべ、まだ場末の色町、三流の岡場所としてしか認識されていなかった。

元禄《げんろく》十五（一七〇二）年十二月十五日、吉良義央《よしなか》の屋敷に討ち入り、主君の仇を討った大石内蔵助は、祇園の一力《いちりき》で遊興したと伝えられている。だがかれが嫖客《ひょうかく》として遊んだのは、主として伏見撞木町の妓楼《ぎろう》「笹屋」。当時、祇園は竹藪《たけやぶ》や樹木におおわれ、ところどころに、色茶屋が点在する淋しい岡場所にすぎなかった。

井原西鶴の『好色一代男』や『好色一代女』などが、それを如実に物語っている。

大石内蔵助が吉良邸への討ち入りを果たした四十六年後の寛延《かんえん》元（一七四八）年八月、竹田出雲によって、「仮名手本忠臣蔵」が書かれ、大坂の竹本座で初演された。

与謝蕪村はまだ三十三歳。先の見えないまま関東を歴行して、故郷の摂津国毛馬村に近い京にもどってきたのは、その三年後だった。

竹本座で初演された「仮名手本忠臣蔵」の〈祇園一力茶屋の場〉で、大星由良之助とお軽が有名になり、祇園の名がまず畿内《きない》の人々に大きく印象づけられた。

戯作者竹田出雲は、なにがしかの縁があり、祇園や一力茶屋を売り出すのに一役買ったのだろう。

寛延元年から蕪村が没した天明《てんめい》三（一七八三）年まで三十五年。この間に祇園は、三流の岡場所から少しずつ格を上げてきたものの、それでもまだ島原や伏見の撞木町には遠く及ばない。遊び好きで、弟子の樋口源左衛門から、遊女小糸との老らくの恋を意見された蕪村も、祇園には遊びの足をむけていなかった。

そのころ蕪村は六十五歳。浪漫的と評されるかれの豊潤な詩才と画才は、現実と乖離《かいり》した世界に身を置くことでかなえられ、「雅俗相混」を実行していたのだ。

五十緒が働く料理茶屋「井筒」は、祇園新橋に間口五間の店を構えているとはいえ、店の裏には竹藪がしげり、筋むかいにはまだ葱《ねぎ》畑がひろがっていた。

葱畑のむこうに白川が流れている。

祇園新橋は、祇園の一部を北東から南西に流れる白川にかかる新しい橋の意。『京町《きようまち》鑑《かがみ》』には、「此町（橋本町）の西に橋有。新橋といふ。白川の下流なり」と記されている。

俗に祇園といわれる町は、四条通りをはさみ、祇園町南側と祇園町北側の二つに分けられていた。わかりやすく蕪村の履歴と照合すれば、かれが生まれるちょっと前まで、四条の流れ橋をすぎ祇園社の西門までは、幅三間ほどの畦道《あぜみち》。十三歳のころの「山城国高八郡村名帳」によれば、祇園廻り、祇園社境内、祇園村の三地域を合わせ、祇園村と称されていた。

この地域の市街化は、大石内蔵助が、吉良邸への討ち入りを果たした十三年後、祇園領広小路畑地の開発により、祇園内六町の整備がほぼ終えられたことですんだ。

延享《えんきょう》二（一七四五）年、蕪村三十歳のころから、祇園内六町で、次第にさまざまな名前をかぶせた茶屋が商売をはじめ、五十緒が働く「井筒」も、三流の岡場所から脱皮をはかりかけている祇園で、新規に開かれた店だった。

こうして紅灯の町が賑《にぎ》わってくれば、西に遠い島原や伏見に出かけるよりはと、鴨川《かもがわ》を東に渡ってすぐの祇園町に、人が遊びにやってくる。

五十緒が清十郎にいうように、店が忙しいのもまた事実だった。だがそれにしても、彼女のもどりがおそいのや、泊まりは度がすぎていた。

厭な想像だが、五十緒は酌婦として酔客の席にはべるかたわら、淫蕩な性情から、好みの客に巧みに誘われ、抱かれているとも考えられた。

「あ、あなたさま、なにをいうといやす。いまのうちの気持は、篠山のお城下から逃げ出したあのときと、少しも変わってしまへん。あなたさまを疎ましく感じたり、また抱かれたくないなどと、なんでうちが思わななりまへん。さあその証拠に、どうぞうちを抱いて、滅茶苦茶に狂わせておくれやす。清十郎さまが喜ばはるのどしたら、どんな恥ずかしい格好でもしてみせとうおす」

背中をむけていた彼女は、急に起き上がり、ひしと清十郎にしがみ付いてきた。

襦袢《じゅばん》の膝が大きく割れ、白い太股《ふともも》がのぞいた。

二人はそれから獣となって睦《むつ》み合い、やがて全身汗まみれになり、深い眠りについた。

清十郎の身体には、昨夜の疲れがまだ残っている。

高枕に首筋を預け、浅い眠りにおちていたかれは、軒先の風鈴がやさしい音を立てるのをきき、ふと目覚めた。

陽が西に傾いたのか、家の中が薄暗くなっている。汚れた重い疲れと、生きているのが厭になるほどの自己嫌悪。二つがかれの顔を暗くさせていた。

いま自分は、奈落の町に住んでいる気持であった。

――憂鬱《ゆううつ》を払うため、外歩きにでもまいるといたすか。

胸のなかでつぶやき、かれは立ち上がると、部屋の隅に置いた刀架から、大小の刀をつかみあげた。

土間の草履をひろい、表の腰板障子を開け、空を仰ぐ。雲の気配が怪しくなっていた。

どうやら一雨きそうだった。

いかがしようとためらっているうちに、ざっと雨が降りはじめた。

――夕立ちや人なき家の濡衣《ぬれごろも》

そんな一句がかれの胸にひらめいた。

冬の鴉

「蜆《しじみ》、しじみいりまへんかぁ――」

遠くから蜆売りの声がひびき、やがてそれが堀川筋を遠ざかっていった。

急に声がきこえなくなったのは、かれの売り声を待ち構えていた女が、朝の味噌汁《みそしる》の具《ぐ》にするため、笊《ざる》をもって近づいたのだろう。

安らかな寝息をたて、清十郎の横で五十緒《いそお》が眠っている。

ときどき規則正しいそれがふと途絶えると、彼女は大きな息をふうっと吐くのであった。

そして歯ぎしりをかりかりと嚙《か》み鳴らした。

このところ彼女はやつれが目立ったが、全身に妙な色気をただよわせてきた。

武家女の堅さがぬけ、婀娜《あだ》っぽくなったといえばわかりやすいが、単にそれだけではなかった。なまめいて美しいところへ、深い陰翳《いんえい》をくわえてきたのだ。

彼女の寝顔には、暗い苦渋がにじんでいる。眉《まゆ》の間に縦皺《じわ》を小さくきざみ、また五十緒は、歯ぎしりをかりかりと鳴らした。

彼女の横で眠っていた清十郎は、その歯ぎしりの音で、四半刻《はんとき》（三十分）ほど前、目を覚ましたのである。

昨夜、五十緒のもどりは、九つ（午前零時）になってからであった。

酒の匂いをさせ、駒下駄《こまげた》の足許をもつれさせながら、路地長屋に帰ってきた。

「今夜もまたおそかったのじゃな。客とどこかで酒を飲んでまいったのか――」

料理茶屋井筒は、五つ半（午後九時）には暖簾《のれん》を下ろしている。

当時は色町とはいえ、料理茶屋、水茶屋、煮売茶屋など各業種とも、初更（午後七時から九時ごろ）以降の営業は禁止されていた。

水茶屋は、色茶屋にくらべ普通の休み茶屋。別に夜にかぎって店を開く蛍茶屋と呼ばれるものもあった。

祇園社南門から清水寺にかけてや、祇園内六町には、こうした類の茶屋が多く散在し、「遊女がましいもの」、すなわち茶立女を置いていた。

これらの茶屋が遊女を置くのは、もちろん町奉行所から禁じられている。初めは死罪に処せられたり、店の前で晒《さら》し物にされたりしていたが、やがてこうした詮議《せんぎ》も曖昧《あいまい》になってきた。市民の必然的需要から、祇園内六町をふくめた東山一帯や宮川町、五条橋界隈、下河原などが、伏見の撞木町《しゅもく》や島原を追いこし、大きな新興遊興地を形成するのである。

一方、公認の色町島原は、こうした群小遊興地にさまざまな対抗手段を講じ、その画期的一つとして、町奉行所から「夜見世」営業の許可をとりつけた。

色町の営業は、正確には昼間にかぎられ、夜間は木戸が閉ざされている。それを月の半分の十五日にかぎり、夜間営業を行い、庶民が遊べる場所にと開放したのだ。

また従来、東北の大門だけだった出入り口を、西にもうけ、廓《くるわ》の通りぬけができるようにしたのであった。

さらには、女性にも入廓料《にゅうかく》をとり、廓見物を許した。

京でかつてすごしたうえ、いま五十緒の生活を見ていると、ここ十数年のうちに京がいかに変わってきたかが、清十郎にも明らかに察しられた。

その影響ではなかろうが、五十緒の生活はここしばらくの間に、ますます悪く変化していた。

料理茶屋で客席にはべり、酌婦をしているのはすでに明白で、客に誘われれば店が終わったあと、また水茶屋に出かけ、たびたび酒を飲んでくる。身にまとうきものも派手になり、急に粋筋の女の雰囲気をただよわせてきたのであった。

夜のもどりはまちまちの時刻、深更どころか、朝帰りも多かった。

京は江戸とはちがい、町の特殊性から大きな長屋はなく、せいぜい狭い路地に軒をならべるだけで、夜間の通行も比較的自由だった。

五十緒のおそいもどりも、制限されないですんだ。

そのたび彼女は、はっきり嘘《うそ》だとわかる弁解をしゃあしゃあとのべ、清十郎が険悪な態度で問いつめれば、ふてくされて布団をかぶってしまう。

両隣りをはばかる低声の罵倒《ばとう》。ときには清十郎の激しい打擲《ちょうちゃく》が、五十緒の顔に飛んだ。

だがそれでもそのあと二人は、懶惰《らんだ》な肉欲におぼれ、一時の和解をくり返すのであった。

「わしが疎《うと》ましければ、いつでも出ていってつかわす。仇持ちのわしとともに暮らしていたとて、これからよいことがあろうとは、とても考えられぬでなあ。五十緒、そなたそれがよいのではあるまいか——」

七分は本当の気持だが、あとの三分は、何者とも知れぬ者への嫉妬《しっと》と不甲斐《ふがい》ない自分への腹立ちからであった。

自分がこの長屋から姿をくらましても、彼女はなんとか生きていくにちがいない。かえってさっぱりするかも知れなかった。

いまの二人は、激しい愛憎を互いに抱き合いながら、一触即発の危機をはらみ、夫婦の格好だけを保っているにすぎないのだ。

手をたずさえ、一緒に国許から逐電してきたとはいえ、こうなれば別々の道を志したほうが、互いにとっていいに決まっていた。

清十郎は、深更に泥酔してもどったり、朝、ふてくされた顔で眠りについたりする五十緒の胸許をつかみ、押し殺した声でたびたび離別を迫った。

「あなたさま、うち、うちが悪うございました。行いを改めますさかい、どこにも行かんといておくれやす。うちは清十郎さまがそばにいてくれはらなんだら、生きていかれしまへん。あなたさまを養っているだの、ましてや疎ましいと思うたことなんか、一度もありまへん。こうして気ままに京で暮らせるのも、みんなあなたさまがおいでやからと感謝してます」

事実、五十緒は心の底ではそう思っていた。

料理茶屋の井筒や水茶屋で、客と好きな酒を浴びるほど飲み、なにをやっていても、その真意に変わりはなかった。

　夜が更けてからもどったり、また朝帰りしたときなど、五十緒はもしかすれば、清十郎の姿が北舟橋町の長屋から消えているのではないかと、自分の行いは別にして、危惧《きぐ》していた。

　祇園内六町のどこで誰とどうしていても、彼女は心の底から楽しんでいるのではなく、気持はいつも空虚だった。

　ただ酒が好きで、飲めば心も身体も解《と》けるように無防備になってしまうのだ。

　そのあと長屋にもどれば、清十郎が怒りをふくんだ顔で、自分を待ち構えている。互いに傷付け合い、先に明るみのない生活だった。だがそれでも結果を考えてみれば、自分がすがれるのは清十郎しかいないのである。

　清十郎には絶対に名前を明かせないあの男。かれなど身体がなつかしがり、愛欲におぼれて一時をすごすが、決して生涯を托《たく》せる相手ではない。近頃では、自分からちょいちょい金をせびりとるうえ、清十郎を憎んでいる素振りさえうかがわれた。

「そなたがそうまでもうすのであれば、わしとてこらえてやる。だが再び理由もなく好き勝手な振る舞いをいたせば、そのときは容赦いたさぬぞよ。わしは郡《こおり》奉行の竹田伝兵衛を斬《き》ったばかりか、どうせそなたの夫小野半右衛門どの殺しの疑いまでかけられている身じゃ。いっそ京からはるかに離れた遠国《えんごく》にまいり、放埓《ほうらつ》に暮らすのも悪くはない。どこぞでやくざの用心棒として、身すぎをすることもできるのじゃ」

かれは荒《すさ》んだ顔と声で、五十緒を脅しつけた。

だが五十緒の生活が平穏なのも数日。五日もすぎれば、またもとにもどっていた。再々にわたる諍《いさか》いと哀願。日常化したそれが、清十郎の精神を次第にむしばみ、鈍磨《どんま》させた。近頃では、俳句をつくる気持など、全く失っているありさまだった。

――いまの五十緒のように、わしも眠っているとき、顔に苦渋をきざみ、歯ぎしりを噛み鳴らしているのではあるまいか。

布団から半身を起こしたかれは、ふうっと大きな息を吐いた五十緒の寝顔を眺め下ろし、自分につぶやいた。

手をのばして、布団の上から綿入れ半纏《ばんてん》をつかみ、かれは肩にはおった。

十二月まであと数日と迫り、寒さが日毎に厳しくなっていた。

京の北山は数度雪をかぶり、それがいつ町に下ってきても、当然の季節だった。

篠山城下を立ち退《の》いてから、すでに三年半余りがすぎている。短いようで長く、かれの意識の中では、茫々《ぼうぼう》たる歳月に感じられてならなかった。

いくら婚家に問題があったとしても、自分のような男にしたがい、家中から逃げ出してきた五十緒に、悔いはないのだろうか。あのまま小野家に居付いていたら、彼女にもそれなりに安定した日々が訪れていたかもしれない。一時の感情に駆《か》られ逐電してきたが、本当のところいまは、後悔しているのではないのか。それが彼女に深酒をさせ、忘却を強《し》いているのではあるまいか。自分は一人でお城下から立ち退くべきであった。甘い感傷や同情は禁物。強い意志に欠けていたおのれの未練と曖昧さに、かれは臍《ほぞ》を嚙む思いだった。

だがいまとなれば、どこにも寄る辺《べ》のない二人。清十郎の目に映る五十緒の寝顔は、深い悔恨をただよわせ、眠るのだけが安寧と告げているかに見えた。

この日、清十郎は五十緒に妙にやさしかった。

「そなた、昨夜は悪酔いしてもどったせいか、随分、寝苦しそうだったぞ。どこか身体を病んでいるのではあるまいか。好きなら、酒ぐらいどれだけ飲んでもよいが、客に無理強いされてまで飲むまい。わしとていつまでも、そなたを料理茶屋で働かせておかぬつもりじゃ。つい昨日のことだが、石野屋の長右衛門どのがこの長屋を訪れられ、東山の青蓮院《しょうれんいん》門跡が寺侍を一人雇いたがっているそうな。樋口源左衛門さまともご相談いたし、このわしを推挙いたしてもよいかとおたずねになられた。もちろんわしは、二つ返事でご推挙いただきたいとお願いもうし上げておいた。石野屋で帳付けの手伝いともうしても、それは名目だけ。捨て扶持《ぶち》をいただいているより、青蓮院門跡に仕えられるなら、そのほうがどれだけありがたいやら。仕官がかなえば青蓮院さまの侍長屋へ住み替え、わしはなんとしても討っ手の目から逃れ、生きのびるつもりじゃ。さすればそなたも、わしの妻として子どもの一人も生んでもよかろう」

清十郎は昨日、石野屋長右衛門から朗報を告げられたためもあり、機嫌がよかった。

「青蓮院さまの寺侍に。さようでございましたか——」

顔を洗い部屋にもどってきた五十緒は、かれの言葉に、虚ろな表情で答えた。

すでに昼をだいぶすぎ、外では木枯らしが吹いていた。

雪の匂いがして、今夜は白いものが舞いそうな寒さであった。

「そなた浮かぬ顔だが、この話、うれしくないのか」

かれはまじまじと五十緒を見つめてたずねた。

「いいえ、うれしいに決まってます。そやけど——」

「そやけどとはなんじゃ。わしが仇持ちだと案じての心配か」

「は、はい。川越藩のお留守居役さまに、ご迷惑がかかるようなことがあってはならぬと、案じぬでもありまへん。うちどしたら、外で働くのを苦にはしてまへんけど——」

五十緒のいい分はもっともだが、どこかにためらいが感じとれた。

「さような心配、おそらく杞憂《きゆう》になろう。わしの人相、鏡に映して自分で見たとて、すっかり別人に変わっている。竹田の討っ手も、まさかわしが青蓮院門跡の寺侍になっているとは思ってもみまい。わしも十分に注意してご奉公いたすわい」

かれは自信ありげにうなずいて見せた。

京では五十六年前の延享三（一七四六）年十二月、大盗賊日本左衛門の腹心第一と評判された中村左膳が、名前を変え、梶井宮門跡（本山三千院・天台宗）の近習《きんじゆう》として仕えているのが探索された。そして捕らえられて江戸に送られ、獄門に処せられた事件があった。

これでもわかる通り、宮門跡やしかるべき寺院に寺侍として仕えるのは、身を隠すに最も適していた。

もちろん宮門跡側は、中村左膳の事件があっただけに、佐野清十郎と名前を改めたかれの身許を厳しく改めるだろう。だが川越藩京留守居役の樋口源左衛門が請人《うけにん》（保証人）となれば、雇用にはなんの心配もないはずだ。

逃げ隠れて営まれる懶惰な生活。行く手に光明のないそんな暮らしからこれで脱しられる。たとえ扶持が少なくても、どれだけましか計り知れなかった。

清十郎は五十緒の返答に渋りがあるのを、自分なりに勝手に解釈し、深くはなにも考えなかった。

「それならそれでようございますが。ともかくよくよくお考えになってからにしとくれやす」

五十緒は躊躇《ちゅうちょ》してはいるものの、心の一方では、ほっと安堵《あんど》の気持を抱いてもいた。このままの状態で京にとどまっていたら、自分たち二人は本当に奈落《ならく》の底に落ちていってしまう。彼女は毎日、実感として闇《やみ》へ下りていく梯子《はしご》を、一段ずつ踏んでいる思いでいたからであった。

「もうそろそろ井筒へ出かけねばなるまい。いましばらくの辛抱じゃ。すまぬ」

おそい昼食のあと、台所で洗い物をしている五十緒に、清十郎は声をかけた。

「はい、いまから支度をととのえ、出かけさせていただきます」

ちらっと振りむき、五十緒はくぐもった声で答えた。

「今日はことのほか寒い。夜には雪が降り出しそうじゃ。風邪など引くまいぞ。暖かくいたしてまいれ」

「はい、さようにいたします」

「今夜もまたもどりはおそいのかな——」

「いいえ、おめでたいお話もいただいたことでございますさかい、店が終わり次第、急いで帰ってまいります」

「おお、今夜は是非ともそういたしてくれ」

清十郎は五十緒が出かけるときも、同じことを再びたずね、彼女のもどりを確かめた。

夕刻になり、予想通り雪がちらつきはじめた。

雪は夜が更けるにしたがい、次第に激しくなってきた。

「五十緒の奴、この分では、店からもどるのに難渋いたそう。雪見かたがた、店の近くまで迎えに行ってつかわそうぞ」

かれが普段考えないことを思い付いたのは、石野屋長右衛門から仕官の話を持ちかけられ、心をなごませていたからだった。

五十緒に対する憐憫《れんびん》の情が、わき上がってもいた。

居心地が悪かったとはいえ、婚家や実家を捨て、自分とともに篠山城下を出奔してきた彼女が、哀れでたまらなかった。

北舟橋町の路地から、清十郎が堀川筋に現れたとき、先ほどまで降りしきっていた雪は、いくらか小やみになっていた。

時刻は六つ半（午後七時）すぎ。ゆっくり歩いても、五つ（午後八時）ごろには祇園新橋の井筒に行けそうだった。

五十緒が行き来する道は、堀川の東側を三条までたどり、三条通りを東にすすみ、つぎに高瀬川に沿う木屋町通り（樵木町《こりき》）を南にむかう。さらに四条通りから東に四条の流れ橋を渡る道順が、二人の間で決められていた。

相当な距離になるが、この道筋には二条城のほか町家が建ち並び、夜中女の一人歩きも、用心におこたりがなければさして危なくなかった。

そのうえ祇園内六町には駕籠《かご》屋もあり、北舟橋町の近くまで、五十緒は四十すぎの朋《ほう》輩《ばい》と連れ立ってもどる夜もあったりした。

料理茶屋の井筒に出かけたことはないが、清十郎にだいたいの場所はわかっていた。

堀川の東道を南にすすむにつれ、雪がやみ、南の空の雲が切れてきた。鋭く欠けた月が、皓々《こうこう》とあたりを照らしはじめた。

水の匂いが鼻にただよい、潺々《せんせん》とした音がとどいてきた。

京の町が白い雪におおわれ、静かに眠っている。堀川を横切る町筋には、雪がやむのを待っていたのか、提灯《ちょうちん》の明かりがときどき見え、軒提灯もまだいくつか点《とも》っていた。

清十郎は三条通りまでくると、道を左に折れ、油小路通り、小川通りをぬけ、西洞院川を渡った。

右の行く手に、池坊立花《りっか》で知られる六角堂頂法寺の伽藍《がらん》が黒々と見えていた。

このときになり、かれは自分のあとをひそかに付けてくる人の気配を、にわかに感じた。

同じ東にむかうただの通行人ではないかと、五感をめぐらせさぐったが、どうやらそうではなさそうだった。

かれが下駄の歯に食いこんだ雪を除く体《てい》で道に立ち止まると、相手も気配をひそめてたたずんだ。

はっきり後ろを振りむけばわかるが、清十郎はわざと動作をつつしんだ。

誰かが自分のあとを付けている。

しかもそのひそやかな足取りは、明らかに殺意をふくんでいるのである。

相手は何者。考えるまでもなく、篠山藩郡奉行竹田伝兵衛の仇を討とうとする者にちがいなかろう。

伝兵衛の嫡男新太郎が、自分のあとを付けているのであろうか。いやかれならまだ若いだけに、仇の自分を見つければ、即刻、名乗りを上げ、猪突《ちょとつ》猛進、いきなり斬りかかってくるにちがいなかった。

慎重にあとを付けていることからうかがえば、相手はそこそこ年の功《こう》をつんだ人物、世故にたけた男のはずであった。

おそらく新太郎を介添えする竹田一族の一人だと考えられる。

清十郎はいよいよきたかと、全身に緊張をみなぎらせた。

もし竹田伝兵衛を斬られた一族が自分を発見し、すでに居所をつきとめているとすれば、ここで相手を斬って捨てねばならない。そして再び京から逐電しなければ、命が危うくなる。石野屋長右衛門が折角、見つけてきてくれた青蓮院門跡への仕官の望みも、余儀なくあきらめねばならないだろう。

仇持ちのかれは、いつもとっさの事態に対応できるように、わずかだが所持金のすべてを懐に入れていた。

場合によれば、このまま祇園新橋の井筒に突っ走り、五十緒をともない京から逃げ去る。

再び歩きかけたかれの後ろの気配は、明確につぎの展開を示して、動きにそなえをにじませていた。

東山の稜線《りようせん》が、月光に照らされくっきり見えている。

三条通りを東にたどるにつれ、なんとなく町筋の明かりが多くなってきた。

池坊頂法寺と隣り合う桂心院の長い築地《ついじ》塀わきをすぎ、南北にのびる東洞院通りを横切った。

あとを付けてきた男が、急に足を速め、清十郎に近づいてくる。

だがかれはまだ後ろを振りむかない。いきなり斬り付けられても、身体をひねって一《いっ》閃《せん》をさける余裕ぐらいもっていた。

だが相手の歩調に変化はなく、妙に殺気が消えているのが、訝《いぶか》しく感じられた。

わしの思いすごしであったのか。仕官の話をきき、自分は神経質になっているのだとも考えられる。

先ほど感じた殺気は、自分の錯覚だ。清十郎が自嘲とともに肩の力をぬいたそのとき、突然、何者かが鋭い叫び声を奔《はし》らせ、かれに斬りかかってきた。

「こ奴、何者じゃ——」

清十郎は身体をひねり、誰何《すいか》したつもりだった。

だが不覚にも相手の一撃は、かれの右肩をわずかに斬り裂いていた。

ずきんと痛みが走り、右腕に生ぬるいものが流れた。

「こ、この野郎、生意気なまねをしやがって」

かれに斬り付けてきた男は、後ろに飛び退いておめき叫んだ。

頬かぶりをした若い中間《ちゅうげん》風の男だった。

男は一撃を浴びせただけで、荒い息を吐いている。つぎにまた斬りかかってくるだけの気力は、すでに失っていた。

「なにがこの野郎じゃ。油断いたしたのが迂闊《うかつ》。よくもやってくれたな。それにしても、おぬし何者じゃ。よもや竹田家のご中間ではあるまいな」

清十郎は相手にいつでも反撃できる身構えで、荒い息を吐く男にたずねかけた。

「お、おれが、だ、誰か、てめえききたいのか。た、竹田伝兵衛さまの中間というたら、てめえいったいどうするつもりなんじゃ。き、きいて驚いたか。そ、そのびっくりした面、おれは前からこの目で見たかったぜ。ざまはねえや」

若い中間は頬かぶりのなかでおめき立てた。

清十郎から一定の距離をおき、それ以上、踏みこんでこなかった。

「なんじゃと。おぬしは竹田家のご中間だとな——」

雪の降りつんだ路上に立ったまま、清十郎は凝然としてつぶやいた。

仇討ちに加勢する一族の数人と、供の中間をしたがえた竹田新太郎が、血眼で諸国を歩きまわっている姿が、ふと胸裏をかすめた。

かれらはついに京に潜伏する自分を発見したのだ。

「さようか。しからばおぬしが、わしに斬りかかってくるのは当然。長年、新太郎どのにしたがっての探索、おぬしもさぞかし苦労いたしたであろう」

　自分がいま置かれた状況はともかく、両足を踏んばり、こちらにむかい震え気味に脇《わき》差《ざし》を構える若い中間に、清十郎はふと憐憫を覚えた。

　竹田新太郎の若さと虚しい仇討ちの旅を思い、かれに討たれてやってもいいと考えた日もあった。虚しい歳月を送ってきたのは、当の新太郎だけではなかったのである。

　だが今後どんな去就《きよしゆう》をとるにしても、いまの清十郎は、五十緒のありのままの気持を尊重してやりたかった。

　彼女に因果をふくませ、自分だけが京から姿を消す。またさらに苦難をともにするというなら、自分もそれを承知しなければならないだろう。

　もっとも二つを天秤《てんびん》にかけたら、五十緒は前者を選ぶ公算が大だった。

　行く先が無明でも、当座、彼女は生活を立てていくだけの能力をそなえている。

　その暮らしが、酒を飲み人の目には自堕落に映ったとしても、祇園ではそれなりに認められ、金を稼いでいるからであった。

　月が再び雪雲に隠れ、また雪がちらついてきた。

　若い中間は清十郎に見すえられたまま、脇差の切っ先や両肩をぶるぶる震わせている。いざとなれば逃げ去ろうとの気配が、濃厚にうかがわれた。

　——それにしてもこ奴、なにか妙じゃ。どこか解《げ》せぬ。

清十郎が相手の中間に不審を抱いたのは、手拭《てぬぐ》いで頬かぶりをした男の表情が卑しく見え、若い主人にしたがい仇討ちの旅をつづける至純らしいものが、少しも感じられなかったからだ。

男は自分が長屋を出たあと、どこから付けはじめたかは正確には不明。だがともかくこっそり追跡、いきなり斬りかかってきた。

主人と仇討ちの旅に出た供の中間なら、仇とねらう相手の行く先や所在を正しくつかみ、すぐさま新太郎の許へ知らせに走るはずだった。

「下郎、おぬしはまことに竹田家のご中間か。偽らずにもうせ——」

右腕の袖《そで》から、生ぬるい血が手首に伝わってくる。

清十郎はその血を掌《て》で揉《も》み、おだやかに質問した。

「こきやがれ。おれが竹田家の中間かどうか、そんなことはどうでもええやろ。なんとでも考えやがれ」

刀を構える中間の顔に狼狽《ろうばい》の色が走った。

「さてはおぬし、竹田家の中間ではないのじゃな」

「くどくどうるせえ奴やなあ。そんなんおれの知ったことじゃねえわい」

男を竹田家の中間ではないかと、先に口走ったのは清十郎であった。

「なるほど、それはわしの早とちりか。おぬしはただの辻斬り強盗なのじゃ。わしを寺侍か公家侍とでも思ったのであろう。不覚にも右肩を斬られたが、いまからはそううまくまいらぬぞよ」

相手を斬り殺せば、あとの詮議《せんぎ》が厄介になる。

清十郎は男を脅し付けるつもりで、刀をぎらっと鞘走《さやばし》らせた。

「て、てめえ、お、おれを斬るというのじゃな」

「ああ、京の町の蛆虫《うじむし》、斬ってくれる」

雪道に一歩踏み出し、清十郎は両手で刀を構えた。

「あほらし。殺《や》りぞこなったんやったら仕方がねえ。そやけどおれは、てめえに斬られるほどどじじゃないわい」

男は雪道を後ずさり、さっと身をひるがえした。その逃げ足の速さは、場馴れした感じだった。

最初から相手を斬る気のない清十郎は、強《し》いて男を追わなかった。

左の掌で揉んでいた血潮が、今度は雪の上にしたたり落ちた。

右肩がずきんと痛んだが、浅傷《あさで》で骨までとどく怪我ではない。かれは五十緒を迎えに行くのをやめ、三条通りをもどり、北舟橋町の長屋にと引き返した。

「おお寒む。今夜は、ひどく冷えますなあ」

おこそ頭巾をかぶった五十緒は、四つ（午後十時）前、長屋にもどってきた。

料理を入れた折り詰を下げ、土間で下駄の歯に食いこんだ雪を落とした。

「今夜も疲れたであろう。そなたばかりに苦労をかけ、あいすまぬ。外はまだ雪が降っておるのか」

清十郎は火桶《ひおけ》のそばで読んでいた蕪村七部集の一つ『桃李』を、膝許に置き立ち上がった。

「いいえ、雪はやみ、月が出ております」

「それはよかった。だが雪道、さぞかし身体が冷えたであろう。さあ早く部屋に上がり、火桶で暖まるがよかろう」

かれにうながされ、微醺《びくん》の匂いをさせ、五十緒は部屋に入ってきたが、清十郎の右肩に目を止め、眉を翳《かげ》らせた。

右の襟許から白い布がのぞいている。

かれが右腕をかばっているのが察しられた。

「あなたさま、そ、それはどうされたんどす」

言葉をかけまじまじと見つめる目に、大きく不安が浮かび上がってきた。

「この肩の白い布か。今夜はそなたを祇園新橋の井筒まで、迎えに行ってやろうと思うてな。道順通り、三条東洞院までまいったのじゃ。ところがそこで、若い中間風の物盗りに斬りつけられてなあ。迂闊にもこのざまじゃ。初めは篠山藩からの討っ手でないかと案じたが、ただしてみると、竹田家の中間ではなく、まずは安心いたしたわい」

清十郎はこともなげにいってのけた。

だがなぜか、五十緒の表情が急変した。

「あなたさま——」

「五十緒、どうしたのじゃ。その驚きよう、そなた妙じゃぞ」

彼女から折り詰を受け取り、清十郎は火桶のそばにへたりこんだ五十緒を眺め下ろした。

彼女は頭巾を解くことすら忘れていた。

そのようすはただごとではなかった。

「は、はい——」

「わしが竹田家の中間ではないともうしても、そなたは心配なのか」

「い、いいえ、そうではございまへん。清、清十郎さま、うち、いや、わたくしはどうしたらよろしゅうございましょう」

彼女の言葉の変化に、狼狽がうかがわれ、激しい困惑がのぞいた。

「五十緒、いったいいかがいたしたのじゃ。そなたのその驚き、わしには解せぬぞ。そなた、さてはわしになにか隠しごとをいたしているのじゃな」

清十郎が何者かに襲われたときいた五十緒の態度は、それほど思いつめたものを感じさせた。

「清十郎さまに隠しごと――」

ごくりと生唾《なまつば》を飲みこみ、五十緒はつぶやいた。

「いかにも。何年もともに暮らしていれば、それくらい察せられるわい。井筒へ働きに行っているそなたが、本当はなにをしているか。口にこそ出さずにきたが、薄々は感じておる。泥酔どころか、わしの目をかすめての不貞。ところがさように小汚いそなたの放埒《ほうらつ》にも、わしは馴れてしまっているわい。そなたといまのわしは、いわば泥まみれ。傷付け合いながら暮らしているも同然。そなたに養われているわしは、何事にも目をつぶり、口惜しいが、間夫《まぶ》になっている心境じゃ。情けないものの、それがいまのわしの姿。なにをされたとて、我慢するほかあるまい。どうあがいても、そなたの魔性に魅せられてもいる。まことに哀れなものよ――」

清十郎は自分を暗く嘲笑《あざわら》った。

かれの言葉につれ、五十緒は顔を伏せ、あふれてくる涙をきものの袖でそっとぬぐった。

「五十緒、なにを今更泣いているのじゃ。わしとそなたの仲はいわば腐れ縁。お互い傷をなめ合い、これからもその傷を掻《か》きむしり合いながら、生きてまいるより仕方あるまい。この世に、わしもそなたも頼り合えるものはなく、わしにいたっては、そなたの働きにすがって生きている不甲斐なさじゃ。身にそなえたのは、人にくらべて多少なりともすぐれた兵法。だがこれも、しかるべき買い手がなければ、斬り盗りをいたすほか生かされる道はあるまい。いずれにせよ、自分で自分に唾を吐きかけたい気持よ。わしにそなたを責める資格など、いささかもないわい。なにも泣いて今後を相談いたすにはおよぶまい」

袖で顔をおおい、声をしのばせて泣きはじめた五十緒を、清十郎は投げやりになぐさめた。

「いいえ清十郎さま。仰せの通り、わたくしはまことにふしだらな女子。どのように罵られてもかまいませぬ。されどあなたさまに、わたくしのふしだらが類をおよぼすのだけは、さけとうございます。もはやこれだけはきいていただかねばなりませぬ」

「これだけはきいていただくだと。そなたはやはり、なにかとんでもない隠しごとをいたしているのじゃな」

醜《みにく》いことのすべてを曖昧にしたまま、彼女と暮らしをつづけていく覚悟でいるとはいえ、清十郎は胸を波立たせて反復した。

「はい、わたくしは大変なことを、清十郎さまに隠しておりました」

声をしのび泣いていた五十緒は、もうこれまでといわんばかりに、そっと顔を上げた。

「その隠しごと、いかような次第じゃ。きいてつかわそう」

「実はこうでございます」

そのあと五十緒から告げられた話は、清十郎の胸に痛くひびくことばかりであった。

五十緒はこの京に住みはじめて二カ月後、以前、父親の許で中間奉公をしていた又蔵と、出会ったというのである。

「石井家のお嬢さまではございまへんか」

祇園の井筒へ出かける途中、彼女は高瀬川筋で、又蔵に声をかけられたのだという。

高瀬川の西には、各藩の京屋敷が建ち並んでいた。又蔵は長州藩に中間として雇われているのだと、驚いていまをたずねる五十緒に答えた。

「お屋敷の旦那《だんな》、いや石井の親っさんも、ほんまに不粋なこっちゃ。身分がいくらちごうても、なにも好き合うているおれとお嬢さまを、無理に引き離さんでもよかったんどすわ。石井家は青山家の譜代衆。そやけどその気になりさえすれば、なんとかおれの身分をつくろい、世間体をごまかし、おれを家の婿にでけんこともありまへなんだわなあ。おれはお嬢さま、いや五十緒はんの初めての男どすがな。親っさんは乳くり合うてと小汚く罵しらはりましたけど、五十緒はんもおれも純で、そんな嫌らしい気持ではありまへなんだ。二人は真底から惚《ほ》れ合うてましたのやわ。おれの気持、それはいまでも変わってしまへんで。五十緒はんがどないになるか、おれはどこでどんな暮らしをしていたかて、遠くからじっと見てましたわいな。そやさかい、五十緒はんが愛《いと》しゅうて、おれは小野半右衛門を襲い、手にかけたんどすわ。五十緒はんを後妻にとは、あんまりやおへんか。一旦《いったん》、真底から女子に惚れた男のこの気持、五十緒はんどしたら、きっとわかってくれはりまっしゃろ」

又蔵は五十緒を水茶屋へ巧みに誘いこみ、耳許へ熱い息を吹きかけささやいた。

「半右衛門を殺したのは、やっぱり又蔵――」

五十緒はかれの顔を食い入るように見つめた。

「やっぱりもなにもありますかいな。五十緒はんはそのときから、おれが下手人やと気付いてはったはずどすがな。かわいいこの顔と身体が、おれに半右衛門を殺してほしいと頼んだみたいなもんどっせ。おれとどんなに睦《むつ》み合うたか、いまでも忘れてはらしまへんやろ。おれの身体もしっかり覚えてますわいな。あのころの二人にもどりまひょうな。五十緒はんが、郡奉行を斬ったお隣りの清十郎はんに連れ出され、お城下から逐電したことぐらい、おれはすでに知ってまっせ。半右衛門の家にはいてられへん。そやからといい、石井の親っさんの許にももどられへん。随分、悩まはりましたやろ。あげくは清十郎はんになびいたふりをして国許から逃げ出さはった経緯《いきさつ》は、おれにはようわかります。連れ立つ相手は仇持ち、かわいい女子にえらい苦労をかけてからに。おれがお迎えに参じるのが遅おしたわ。男のおれがどじどした。どうぞ堪忍しとくれやす。こうして再び会うたからには、もう五十緒はんに淋《さび》しい思いはさせしまへん。前みたいに睦まじゅうして、ぼちぼちうまくやっていきまひょうな」

又蔵は小野半右衛門殺しは、二人の共謀といわんばかりの口調でのべ、五十緒の心をぐっと自分に引き付けた。

初めて抱かれた男だけに、五十緒の気持より先に、彼女の身体が又蔵の愛撫《あいぶ》をなつかしく思い出させていた。

前夜、五十緒は飲酒をめぐり、清十郎と諍《いさか》いを起こしており、投げやりな思いが、彼女を又蔵にしなだれかからせた。

「五十緒はんの本心、おれはようわかりましたで。初めて惚れ合うた二人、長い目で見て運びまひょ。なんやったらおれが、篠山藩の京屋敷に投げ文をして、重蔵《しげくら》清十郎がどこに住んでいるかを知らせてやりまっせ。仇討ちに出ている郡奉行とこの小伜《こせがれ》に、重蔵清十郎を斬ってもらいますのやがな」

五十緒の身体を再びほしいままにしたあと、又蔵はせせら笑うようにいった。

かれの執念深さや狡猾《こうかつ》な考えに、五十緒は思わず身震いを感じ、それをすれば自分の身にも危険がおよぶとして、ひとまず又蔵を思いとどまらせた。

彼女がたびたび朝帰りしていたのは、又蔵と落ち合い、水茶屋で泊まったりしていたのであった。

「いっそ二人で京から逃げ出しまひょ」

「なにも逃げ出さんでも、このおれがお屋敷のお留守居役さまに、江戸屋敷でご奉公しとうおすとお頼みしたら、江戸で堂々と夫婦としてやっていけるがな。まあ急《せ》かんこっちゃ」

二人が身体を重ねるにつれ、又蔵の態度は少しずつふてぶてしくなっていった。

そしてつぎには、五十緒に小遣いをせがみ出したのである。

又蔵はそれが自分の思い通りにならないとわかると、今度は清十郎を憎みはじめたのだ。

「清十郎さま、すべてわたくしが悪うございますが、又蔵はあなたさまさえいなければ、わたくしからどれだけでも金をせびり取れると、考えたに相違ございませぬ。それゆえ今夜、あなたさまを殺しにかかったのでございましょう。わたくしは身も心も汚《けが》れきっております。自分でもどうしてこうなるのか、よくわかりませぬ。しかしながら、なにもかもありのままをお話しもうし上げたいまとなれば、もはやお別れするよりほかはありますまい。ふしだらなわたくしを斬るともうされれば、わたくしはよろこんで清十郎さまに殺されまする。どのようにでもいたしてくださりませ」

五十緒は顔を伏せてすべてを明かした。

話の一つひとつが意外、清十郎は頰を痙攣《けいれん》させ、最後まで無言できいていた。

火桶の炭が燃えつき、部屋がしんと冷えてきた。

どうにもならない沈黙が、部屋を重くさせた。

二人がいま置かれた状況は、汚濁にまみれた生き地獄。どんなにもがいても、明るい糸口はなかった。

「五十緒。又蔵はそなたから小銭をせびり取っているが、わしはそなたに蝨《しらみ》みたいに食いつき、この五体を養のうてもらっておる。そなたのふしだらを叱るだけの値打ちはもともとないわい。わしが一人で京からいずれかへ立ち退けば、そなたは又蔵の食い物になろう。さればといい、わしはそなたを斬りたいとも思わぬ。さらにわしとそなたがこのまま京に住みついておれば、又蔵の奴はわしを憎むあまり、京屋敷にわしの居所を知らせ、遠からず竹田新太郎どのがわしを討ちにまいろう。かくなれば、わしが又蔵を斬り捨て、二人でこの京から逃げ出すよりほかに、思案はあるまい。それにしてもそなたの男好きにも困ったものよ。ところがわしとて、そんなそなたに惚れてきたのじゃ。わしら二人、どちらかが死ぬまで、いがみ合うたまま生きていかねば埒《らち》があくまい。わしはそんなつもりじゃ」

覚悟を決めたのか、清十郎はこけた頬に不気味な笑いをにじませた。

「それでは又蔵を――」

「あたりまえじゃ。わしはそなたと醜くからみ合うたまま、生きのびる所存じゃ。邪魔をいたす奴は、誰でも斬り殺してくれる。なにも知らずに殺された小野半右衛門どの、供養にもなろうでなあ」

陰惨な声が、部屋の中にひびいた。

「清十郎さま、五十緒はうれしゅうございまする。わたくしはもう再びふしだらをいたしませぬ」

「そなたはいつも男に抱かれたあとで、そんな風に考えるのであろう。なるほどふしだらな女子か。わしはそのようなそなたを信用しておらぬぞ。もっともそなたは好きにいたし、そなたがふしだらであろうとなかろうと、わしはそなたに養ってもらえればそれでよいのじゃ」

低い哄笑《こうしょう》が、五十緒の身体を凍りつかせた。

翌朝、京は晴れ上がり、冬の青空が冷たくひろがっていた。

「五十緒、この家に住むのは昨日かぎり。今日からは三条大橋に近い旅籠《はたご》に宿を取るぞよ。朝飯をすませたら、旅の仕度をいたせ」

昨夜、あれ以後、ろくに口をきかなかった清十郎が、茶袱台《ちゃぶだい》に茶碗をすえた五十緒に口を開いた。

「今日でございますか——」

彼女は清十郎の顔をまじまじと見つめた。

「ああ、朝飯のあとを片付け次第、古道具屋を呼び、この茶碗から乏しい家具の一切、畳も余分なきものも売り払うのじゃ。わずかな金でも、いくらか路銀の足しになろう。手許の金子《きんす》は二両二朱余り。どこまでまいれるかわからぬが、風の吹くまま雲の行くまま、行く先々でそなたに茶屋働きでもいたしてもらおう。それがかなわねば、わしが土地の博徒に腕を売りこみ、食いつなげばよい。のんびりここに構えておれば、又蔵の奴が篠山藩京屋敷へ、駆けこみ訴えをいたす恐れもあるからじゃ。早々、朝飯をすませるといたそう」

明治の初めまで、家主は家を貸すだけ。畳は借家人の算段にまかされていた。

「肩のお怪我の工合はいかがでございます」

五十緒は無表情な顔でたずねた。

「怪我は又蔵の振った脇差の鋩子《ぼうし》がかすめただけ。血はすでに止まっておる。痛みもなく、四、五日もすれば、傷口もふさがろう。あ奴を叩き斬るに、なんの障りもないわい。五十緒、断っておくが、いくら初めて肌身を許した男でも、不憫に思い、わしに背《そむ》いて大事を注進いたすまいぞ。さような振る舞いに出れば、どこに逃げても二人を探し出し、又蔵を斬るのはもちろん、そなたは鼻でも削《そ》ぎ落してくれる。生き恥をさらしてすごさせるためじゃ。わかっておろうな」

清十郎は残忍な笑みを頬にきざみ、五十緒をにらみすえた。

「あいわかりました。早速、おもうしつけ通りに計らいまする。ところで川越藩の樋口源左衛門さまや石野屋さまには、いかがもうされます」

「それぞれに御礼の一書を書き残しておく所存じゃ。仔細《しさい》は記さぬが、篠山藩からの追っ手が迫ったゆえとでも察してくださろう。わしはこれまで追っ手は、勝手に親の仇の竹田新太郎と加勢だけと思うてまいった。だが竹田伝兵衛はご家老青山総左衛門さまと姻戚《いんせき》。場合によれば、権勢をたのみ、わしに上意討ちのお沙汰《さた》が下されているかも知れぬ。昨夜、そなたから又蔵の話をきき、さように考えた次第じゃ。それでもそなたは、わしにしたごうてまいるつもりか。どうじゃ、わしがそなたの父上石井武太夫どのに、脱藩いたすとき無理矢理、そなたを道連れにいたしたとの詫び状を書いてやる。さればいっそその書状をもち、篠山城下の屋敷にもどらぬか。はっきりもうせば、そなたがわしの零落に、義理だていたす必要はいささかもないのじゃ。わしの食い物となり、一生あばずれ女として、どこかの土地で老いさらばえるより、そのほうがよいのではあるまいか。わしに遠慮をいたすまいぞ」

黙々と茶碗の飯を口に運んでいた清十郎は、やがて箸《はし》をおき、五十緒に話しかけた。

「国許にもどるなど、とんでもございませぬ。わたくしはこれでも、あなたさまに思いをかけられたあばずれ女。幸若舞の『敦盛《あつもり》』の一節にも、『人間五十年、下天《げてん》の内にくらぶれば、夢まぼろしの如きなり。ひとたび生を得て、滅せぬもののあるべきか』とございます。どこで醜い老婆となり果てて死んでも、あなたさまがお嫌でなければ、おあとについてまいりとうございます。それがわたくしには、似合わしいとはお思いになりませぬか——」

彼女は茶碗の飯粒を箸でつまんだまま、清十郎に笑いかけた。

「こ奴、まことにどうにもならぬあばずれ女じゃ。ますます磨きをかけおってからに。そのうち、わしの手に余るほどの蓮《はす》っ葉《ぱ》になるかもしれぬ。そのときは好いた男と企み、わしの寝首でも掻くがよいわい」

「その覚悟で清十郎さまのおあとにしたがいまする」

「全く念を入れたものじゃ」

二人のやり取りには、人並みな規矩《きく》では計れない深く強い結びつきがうかがわれた。

貧乏世帯の処分などたかが知れていた。

昼すぎ、清十郎と五十緒の二人は、旅姿となり、三条御幸町の旅籠「淡路屋」へ投宿した。

「二、三日、お世話になりもうす。二人とも京見物、合わせてわしは役儀をもうしつけられており、夜には他出いたす。そのむねを心得ておいていただきたい」

清十郎は、部屋に案内して挨拶《あいさつ》する淡路屋の主に、重々しい口調で断った。

二日分の宿泊費と小粒銀の心付けをそえてのもうし入れだけに、淡路屋の主は、上客とばかりに機嫌よく両手をついた。

夫婦の服装は、洗いざらしで粗末だが、さすがに物腰に気品すら匂い立っていた。

北舟橋町の長屋に古道具屋を呼び寄せ、一切の品物を処分した銭は、小粒銀三つほどにすぎなかった。だが樋口源左衛門からもらい受けていた与謝蕪村の画幅が、急場のことはいえ、四両二朱にもなった。

源左衛門と石野屋長右衛門には、それぞれ御礼のうえ、さし迫った事情が生じて京から立ち退くとの書状を、家の上がり框《がまち》に残してきた。

近くだけに、長右衛門の許に長屋の誰かが、すぐ知らせに走っているはずだった。

源左衛門は二人に追っ手が迫ったとでも善意に解釈、長右衛門に事情を説明し了承してくれるに決まっていた。

「わしはこれから出かけてまいる。そなたは旅で疲れたとでもいい、ゆっくり休んでいるがよい。知る辺に姿を見られたら、まずかろう」

その日、夕刻になり、清十郎は宿にもどってきた。

長州藩の京屋敷に出入りする小商人《こあきんど》に金をつかませ、又蔵への伝言を頼んできたのだ。

「そなたの名前をつかい、今夜五つ（午後八時）、そなたたちが逢瀬《おうせ》を重ねていた仲源寺そばの水茶屋へ、又蔵をおびき出しておいたのじゃ。使いを頼んだ小商人には、わしの姿を決して相手に明かすまい、そなたの容姿をのべ、綺麗《きれい》な女子はんからやと伝えてくれと、堅くもうしつけておいた」

仲源寺は、四条通り祇園町の南側にあり、山号は寿福山。浄土宗に属し、本尊は湛慶《たんけい》がきざんだ目疾《めやみ》地蔵尊。寺伝では、もと四条橋北東に構えられていたが、安貞《あんてい》二（一二二八）年八月、京域の大洪水に際し、地蔵尊に止雨が祈願され、雨止《あめやみ》地蔵から転じて目疾地蔵となったという。豊臣秀吉の命で現在地に移り、祇園村の総堂として、町の推移を眺めてきたのである。

仲源寺の裏には、まだ竹藪《たけやぶ》が残っていた。

「討ち損じられませぬよう、慎重に行われませ」

「幾度も抱かれた男をわしが斬るともうすに、よくぞいうたものじゃ。たいした女子よ」

清十郎は目に薄い笑いをにじませ、六つ半（午後七時）すぎ、さりげない顔で旅籠から出かけた。

これまでたびたび四条橋を流れ橋と記してきたが、室町時代初期まで四条橋は、長さ三十六間の「石橋」として存在した。だが洪水で流失し、その後「木橋」として修造を繰り返し、天正《てんしよう》期、所司代村井貞勝によって橋普請がされた。しかしさらにこれが流失してから「板橋」となり、杭《くい》の上にならべた橋板は、ちょっと水が出ると流れてしまったのだ。四条橋が本普請されたのは、明治に先立つこと十二年前の安政《あんせい》三（一八五年にすぎないのである。

五つ前、かれは仲源寺裏の竹藪に身をひそめていた。

近くの料理茶屋などから、女の嬌声《きょうせい》や三味線の音がきこえてくる。

又蔵は四条の流れ橋を東に渡り、建仁寺通り（大和大路）を南にたどり、一筋目を左に折れてくるはずだった。

総髪の清十郎は、人に見咎《みとが》められないように、顔を隠さず寒風にさらしていた。

夜が更けるにつれ、冷えが足許から這いのぼってくる。だが五つが近づくにしたがい、清十郎の心の中に凶暴なものが生まれ、辺りをうかがう目がきつくなってきた。

ほどなく膝切り姿の男が、軽快な足取りで現れた。

低い声で小唄《こうた》をうたっている。

薄闇《うすやみ》だが、二日前に襲われただけに、それが又蔵だとすぐにわかった。

懐手をした清十郎と又蔵の距離は、まもなくちぢまった。

「又蔵、よくぞまいった。小唄をうたいながらくたばるがよい」

ぎょっとして立ちすくんだ又蔵は、白い刃物が自分の首にむかい鋭く閃《ひらめ》くのを、一瞬目にしただけで、驚きの声すら発せなかった。

かれの首は、激しい鮮血を噴《ふ》き出し、せまい路上にどっと倒れていく胴体をあとに残し、両目を剝《む》いて竹藪の中に、音を立てて飛んでいったのだ。

「半右衛門どの、又蔵の奴をあの世とやらにお送りもうしましたぞ。お迎えくだされ」

清十郎は血しぶきをさけるため、数間飛びのき、両手で刀を構えたまま低くつぶやいた。


翌日、京はまた雪の降りそうな空模様だった。

「お泊まりのほど、ありがとうございました。遅いご出立、今夜は大津にでもお泊まりでございまするか」

五十緒は手甲に脚絆《きやはん》をつけ、清十郎はたっつけ袴《ばかま》にぶっさき羽織姿であった。

わらじの紐を結び、旅籠の土間に立つと、淡路屋の主が丁重に頭を下げてたずねた。

「いかにも。江戸まで急がぬ旅じゃ。ゆるりとまいる」

「それはまたご夫妻さまおそろいで、結構でございますなあ。ほんまにあやかりとうおすわ。京におこしの折には、是非ともまたお立ち寄りくださりませ」

暖簾《のれん》の外に出た主に見送られ、清十郎と五十緒は、表道を三条大橋にむかって歩いた。

「この京で折角、落ち着こうと思うていたに。とかく世の中はままにならぬ。旅籠の主はわしたちにあやかりたいともうしていたが、まことを知れば仰天いたそう。知らぬが仏とは、よくいったものじゃ」

荒《すさ》んだ表情でいい、清十郎は五十緒と肩を並べ、三条大橋を渡った。

二人の目前に江戸へとつづく道がのびている。

その一筋の道からどこにそれるか、また途中のどこかで二人の旅はいつ断たれるか、わかったものではなかった。

五十緒は大きく息を吸いこみ、後ろに遠ざかる三条大橋の擬宝珠《ぎぼし》を眺めた。

右は繁みの中に知恩院をかかえる華頂山。左には粟田口《あわたぐち》村の藁《わら》屋根が見え、遠くの比《ひ》叡山《えいざん》は雪雲におおわれていた。

左手の前方から、水の音がひびいてくる。

清十郎と五十緒は、ほどなく白川の石橋を渡った。

この辺りから粟田口の坂道になる。

京の町が背後の眼下にと遠ざかっていくのだ。

互いに口を閉ざしたまま、それぞれの感慨にふけっていた二人は、粟田口の坂道を、急ぎ足でこちらに下ってくる十数人の一団に目を止め、大津街道（東海道）のわきにと道を避《よ》けた。

三人が馬にまたがり、あとの武士はすべて徒歩《かち》、厳重に旅ごしらえをしていた。

まだ編笠《あみがさ》をかぶっていなかった清十郎は、顔を伏せ、視線を路上に落としたつもりだった。だが自ずと、かれの目が馬上の壮年の武士に注がれていった。

相手の武士も、ぎょっとしたようすで馬の手綱を引きしめた。

二つの視線が、わずかな距離の中空で激しく交差した。

「そ、そなたは重蔵清十郎――」

「おぬしは竹田伝兵衛。口惜しや、討ち果たしたつもりでおったが、おぬし生きていたのじゃな」

清十郎は編笠を投げ捨て、刀の柄《つか》をにぎって叫んだ。

目の前の現実がまるで信じられなかった。

かれのすさまじい形相を見て、徒歩の武士たちも刀の柄に手をかけ、一斉に身構えた。

「み、みなの者、早まるではない。清十郎もじゃ」

竹田伝兵衛は馬を乗りまわして大声で叱咤《しった》をとばし、鞍《くら》の上から飛び下りた。

ついで一団の武士たちは、かれの指図で街道わきに馬を寄せ、総勢が片膝をついた。

「まさしくそなたは重蔵清十郎じゃ。神仏がわしに僥倖《ぎょうこう》をあたえたもうたのか。かような場所でそなたに出会おうとは、ただただありがたいともうすより言葉がない。あのとき、わしはそなたに斬られたが、命だけは危うく取りとめ、いまは郡奉行から退《の》き、城代を拝命いたしておる。百日稼ぎを無理に制限いたそうとしたわしの考えや、理不尽な雑言《ぞうごん》に誤りがあった。また権勢を笠にきたかに見えたわしの態度が、そなたの怒りを誘い、そなたをしてあの凶行におよばせたのじゃ。わしはそなたの意見を素直にきくべきであったと、すぐに深く悔いたわい。清十郎、何卒《なにとぞ》、このわしを許してもらいたい。数えれば、そなたの流浪もすでに四年近くになるはず。すでにききおよんでいるだろうが、篠山藩の百日稼ぎの制限は、とののご采配《さいはい》ですべて撤廃され、領民どもは深くよろこんでおる。藩家はいまでも多事多難だが、この場からでもよい、どうぞ篠山藩に帰参してもらえまいか。是非ともそういたしてくれ。わしの詫びの気持じゃ。頼む」

伝兵衛は落ち着きをくわえてきた顔を垂れ、清十郎に懇願した。

「竹田さまにはお命を取りとめられ、いまはご城代、さようでございましたか。百日稼ぎの制限が廃されたのはききおよびましたが、伝兵衛さまがご存命とは知りませなんだ。仇討ちを恐れて逃げ隠れておりましたが、いやはやこれは笑止の沙汰《さた》。我ながら滑稽《こっけい》でおかしゅうござる」

清十郎は乾いたふくみ笑いをもらしつづけた。

「そこにご同伴のご婦人は、石井武太夫どのの娘御、五十緒どのと見たが、父上どのもご壮健。わしがすべてを円満に計らわせてもらうゆえ、ともに藩家へおもどりあれ。とのはいま京都所司代として、京においでめされる。清十郎、いまからともに参上いたし、ご挨拶もうし上げてはいかがじゃ」

　身分を離れ、率直に詫びた伝兵衛の表情には、ほっとした気配がのぞいた。

「伝兵衛さま、折角のお言葉ながら、わしはお指図にはしたがいかねる。今更、藩家にもどり、堅苦しい城勤めなどいたしたくないのじゃ。どこで野垂れ死んでも、気ままな暮らしがなにより。仇討ちが無縁とわかれば、なおさらじゃ」

「ば、ばかな。なにをもうす清十郎——」

「ばかなと笑われても結構。今後は博徒の用心棒か、下手な俳句をひねり、いずれは俳諧師《かいし》にでもなり、泰平楽に暮らしとうござる。帰藩いたせとは、いらざるお節介、放っておいていただきたい」

　道脇にひかえる家中の武士たちが、伝兵衛に捨て科白《ぜりふ》を残し、背をむけて去る清十郎の姿を、唖然《あぜん》とした顔で見送っていた。

「清十郎、気ままもよいが、困ったことがあったら、京や江戸屋敷にいつなりともまいるのじゃ。仔細《しさい》を伝えておくゆえ、粗略にはいたさせぬぞ」

　比叡山のほうから下りてきた雪雲が、急に辺りを白いもので閉ざした。

「あの野郎、いっそ改めて斬ってくれようか。ここで大騒ぎのすえ、篠山藩の城代が討たれたとなれば、いくらとのが京都所司代におさまっておられるとはもうせ、藩の存亡に関わるぞよ。それをわきまえたら、気安く清十郎、清十郎とえらそうにもうすな。一句浮かんでも、うまくまとめられぬではないか」

かれは不機嫌な声で愚痴《ぐち》った。

——雪の日や二羽の鴉の行きどころ

——野晒《のざら》しを凍えさせるかまたの雪

猛然と降りはじめた雪の面《つら》の上に残された二人の足跡。それもすぐつぎの雪でかき消された。

空も京の景色も白一色。このとき、雪まみれになってたたずむ伝兵衛にむかい、愛馬がたてがみを振り、鼻をふくらませ、哀しげに大きく嘶《いなな》いた。

〈参考書目〉

多紀郡誌　郡教育会刊

丹波郷土史考（上・下）　奥田楽々斎著　同刊行会刊

近世灘酒経済史　柚子学　ミネルヴァ書房刊

京都市の地名　日本歴史地名大系27　平凡社刊

初刊本あとがき

どの作家でも同じだろうが、心の中に小引き出しをたくさんそなえた箪笥《たんす》を持っている。その中には、大小さまざまなテーマや、雑然とした考えが収納されている。いくつかのテーマを納めた小引き出しは、それぞれいまやいっぱいにあふれ、出番を待っている。他の多くは、おりにふれ集められた資料を加えられ、やがての出番にそなえるというわけだ。

編集者から原稿の依頼が寄せられると、わたしは箪笥の小引き出しをつぎつぎに開け、中身をのぞいてみる。これだと思うテーマを選び出し、執筆にかかるのである。

歴史（時代）小説を書いているとはいえ、古くから多くの作家が書きつづけている歴史上有名な人物など、わたしはさして興味がない。有名なかれらに踏みつけられ、蹂躙《じゅうりん》されたうえ、巷間《こうかん》に埋もれていった名も知れぬ人たちの生き方に、わたしは共鳴し、また誰もまだ手がけていない人々を作家として書くことを、自分の命題としているからだ。

表題作『これからの松』は、突然、朝日新聞社学芸部の大上朝美氏から、短期の新聞連載をとのお電話をいただき、かねてから魅力を覚えていた特殊な職業〈古筆見《こひつみ》〉について、資料をそろえ執筆した。

京都は重層的文化をそなえた町だけに、いまなおその伝統を伝える特殊な職業が、人に知られずに残っている。文中でも書いたが、現在の美術史研究は、〈古筆見〉から発しているといってもよかろう。

各種の文明は発達するが、人間の本質は、五百年、千年たってもさして変わらない。醜《みにく》く人と競う気持ちや嫉妬《しっと》、権力におもねそれにしがみつきたい弱さを、大昔から持っている。化学反応式などは後世まで正確に伝えられるが、人間の生き方については、新しくこの世に誕生した一個人が、たえず一から修得しなければならないのが、不幸な事実。人類全体としての人間的成熟は、おそらくこの世の末代でも不可能だろう。自分の作品に、わたしは時代小説の衣装をまとわせているが、どの作品もいまの人間を書いているつもりでいる。

刊行に際して、『これからの松』には一部、加筆を行った。併作『天路の枕』は新たに書き下ろし、一冊としていただいた。同作品の題名の〈枕〉は古語で、よりどころとすることば——の意味があり、ここではすなわち俳句である。作品中の樋口源左衛門の弔句《ちょうく》をはじめ、各句ともわたしが作った。

『これからの松』を執筆の最中、朝日新聞社出版局でわたしの担当をしてくださっていた桜井孝子氏が、後進に道をゆずるため退職された。わたしは桜井氏が在職中、今後書こうとしている作品について、たびたびお話をきいてもらいながら、他の仕事や怠惰から、同氏の期待に応えてこなかった。孝行をしたい時分に親はなし——のことわざを、わたしはいましきりに哀しく感じている。

作家はいい編集者にめぐまれると、最大の力を発揮するものだ。一方、馬の合わない編集者にぶち当たれば、とんでもない状態になる。

「よろしくお願いいたします」

桜井氏は、退職をひかえ最後にお目にかかったとき、こういわれた。わたしは二つの中篇とも、同氏に詫《わ》びるつもりで書いた。

大上朝美氏が悠揚とした態度でわたしの執筆を見守っていてくださったことに、ただ感謝している。表題作の中で用いた夢想禅師の墨跡「而生其心」について、京都の三谷祐幸氏からご教授をいただいた。また刊行に際しては藤谷宏樹・中島泰両氏の労をわずらわせた。

なお新聞に連載中、たくさんのお手紙をいただきながら、御返事をさし上げていない読者の方々に、ここで合わせてお詫びとお礼をもうし上げます。ありがとうございました。

長雨やすすまぬ筆の書きつぶし
長雨の七月

澤田ふじ子

解説

菊池《きくち》仁《めぐみ》
（文芸評論家）

ここ数年、時代小説界は女流作家の活躍が目覚《めざ》ましい。男性作家主導の戦後時代小説界にあって、独自の地位を築いてきた杉本苑子《すぎもとそのこ》、永井路子《ながいみちこ》、安西篤子《あんざいあつこ》といったベテラン勢の執筆量は、さすがに少なくなったが、宮尾登美子《みやおとみこ》や平岩弓枝《ひらいわゆみえ》、皆川博子《みながわひろこ》はいまだに健筆をふるっている。

中堅では、杉本章子《すぎもとあきこ》、北原亞以子《きたはらあいこ》、鳥越碧《とりごえみどり》、宮部《みやべ》みゆき、梓澤要《あずさわかなめ》、松井今朝子《まついけさこ》、諸田玲子《もろたれいこ》、宇江佐真理《うえざまり》等が今は盛りと実力を競っている。さらに多田容子《ただようこ》、藤原緋沙子《ふじわらひさこ》、六道慧《りくどうけい》等が一作ごとに進境の著しいところを見せている。

こうやって現在の女流作家の布陣を概観すると、あらためて本書『真贋控帳　これからの松』の作者である澤田ふじ子の旺盛《おうせい》な筆力に目を見張る思いがする。

作者は一九四六年愛知県生まれ。杉本、永井達に次ぐベテランである。七三年に作家デビューし、七五年に「石女」で第二十四回小説現代新人賞を受賞。この三年後に「小説現代」に連載した『羅城門』で注目され、続いて発表した『天平大仏記』で長編も書ける作家として認められた。しかし、作者がそのもてる力量を示したのは八一年に発表した書き下ろし長編『陸奥甲冑記』である。この作品は短編集『寂野』と共に八二年、第三回吉川英治文学新人賞を受賞。これによって作家としての地位が確立するわけだが、今、思うとこの二作による受賞は、その後の作者の方向性を占う意味で、きわめて運命的なものを感じさせる。

なぜなら、『陸奥甲冑記』では素材の新しさと構成の確かさ、『寂野』では情感の豊かさがあり、その双方をあわせもつことが評価されたからである。もう少し説明しよう。『陸奥甲冑記』の底に流れているのは、日本の古代国家の統一過程で呑み込まれていった地方の独立政権の崩壊を描き、理不尽な権力に抗する人々の心情に共感を示した執筆姿勢と確かな歴史観である。

時代小説とは歴史の場を借りて、男たちや女たちの生きる姿勢を描いたものである。この場合、歴史を借りるという点に重要な意味が含まれている。歴史を借りることにより、主人公がより自由な舞台を与えられ、ダイナミックな生き方が可能になるからである。作家側から見れば、既成の枠や現代の時代的な制約にとらわれない自由な発想と展開が可能なわけである。そこに現代では味わえない面白さや感動が生まれる。

つまり、『陸奥甲冑記』の面白さは、権力者によって書かれた歴史を、完成したものとして見ず、参画できるものとして位置づけ、さらに変革の可能性をはらむものとして、とらえ直したところにある。もう一方の『寂野』の情感の豊かさとは、弱者に寄せる作者の限りないやさしさによって生じたものである。この二作品で示した作者の姿勢こそ、その後の作品の方向性を決定づける原点であった。運命的と表現したのはそのためである。

そう言えば『天平大仏記』の推薦文で池波正太郎が鋭い指摘をしていたことを思い出した。

《デビュー以来、澤田ふじ子は天性の誠実な情熱をかたむけて、むずかしい素材を平明に消化し、文壇の期待をあつめつつある。／彼女が、これから、自分の心身をどのように調整し、どのような秀作を生み出すだろうかと、私はたのしみにしている》

さすが具眼の士である。この正鵠《せいこく》を射た指摘のとおり、作者は〝誠実〟な執筆姿勢を貫くことで大成する。『陸奥甲冑記』は『花僧』『遍照の海』『惜別の海』『幾世の橋』等の傑作となって結実し、『寂野』が提起した世界は、独自のシリーズものへと発展していく。

冒頭で述べたように、作者は現在、活躍の目覚ましい女流作家陣の中でも、筆力と熟成した内容で、抜きん出た存在となっている。それを証明しているのがシリーズものだ。これは壮観といっていい。NHK金曜時代劇(いまは木曜時代劇と名称変更)「はんなり菊太郎」の原作であり、高い人気を誇っている「公事宿《くじやど》事件書留帳」(既刊十三冊)をはじめとして、「禁裏御付武士事件簿」(同三冊)、「足引き寺閻魔《えんま》帳」(同六冊)、「高瀬川女船歌」(同四冊)、「祇園社神灯事件簿」(同四冊)、「土御門家・陰陽事件簿」(本シリーズは光文社刊で『大盗の夜』『鴉婆』の二冊はすでに文庫化されており、二〇〇五年十一月に刊行された『狐官女』(四六版)も、いずれ文庫化の予定)といった捕物帳スタイルのシリーズものに、「京都市井図絵」(既刊二冊)が加わり、さらに、本書からスタートする「真贋控帳」が控えているのである。

中でも「これからの松」で幕を開けた「真贋控帳」は、作者がもっとも得意としている世界だけに期待値大のシリーズものと言える。

「これからの松」はもともと朝日新聞の短期連載として執筆され、九五年に単行本化する際、「天路の枕」を新たに書き下ろして一冊とした。その四年後に徳間書店で文庫化するにあたり、表題を『真贋控帳』と改め、原題をあとに残したのである。
作者は「初刊本あとがき」の中で、「これからの松」の執筆動機について、次のように語っている。

《歴史（時代）小説を書いているとはいえ、古くから多くの作家が書きつづけている歴史上有名な人物など、わたしはさして興味がない。有名なかれらに踏みつけられ、蹂躙《じゅうりん》されたうえ、巷間《こうかん》に埋もれていった名も知れぬ人たちの生き方に、わたしは共鳴し、また誰もまだ手がけていない人々を作家として書くことを、自分の命題としているからだ。

表題作『これからの松』は、突然、朝日新聞社学芸部の大上朝美氏から、短期の新聞連載をとのお電話をいただき、かねてから魅力を覚えていた特殊な職業〈古筆見《こひつみ》〉について、資料をそろえ執筆した。

京都は重層的文化をそなえた町だけに、いまなおその伝統を伝える特殊な職業が、人に知られずに残っている。文中でも書いたが、現在の美術史研究は、〈古筆見〉から発しているといってもよかろう。》

実は、筆者は余談になるが、作者の「あとがき」のファンである。作家によっては屋上屋を架するという理由から「あとがき」を嫌う作家も数多くいるが、作者はほとんどの著作に「あとがき」を書いている。筆者は初期から新刊が出るたびに作者の「あとがき」を楽しみにしてきた。それは世に我子を送り出す母の慈愛と、読者に対する誠意を感じるからである。もちろん、それだけではない。モチーフのヒントや執筆姿勢の確認がとれるからでもある。そして、何よりも興味を引くのが「あとがき」に記された〝時代批評〟である。

例えば、次のような指摘だ。

《現代は政治・経済・文化などあらゆる分野で混迷が起き、なんの指針も見えない時代だ。科学文明の発達が、人間の精神を社会的にも個々の生活でもひどく蝕《むしば》んでおり、それに歯止めをかける強い意志や哲学が望まれている。人として誠実に生きつづけていれば、いまは見えなくても、必ずどこかに理解者はいてくれる。そんな思いをこめ、私はこの作品を描いた。》(『天空の橋』)

《例えば、数十年前までの先斗町《ぽんとちょう》筋は、夜には「置屋」の明かりがぽつんぽつんと点るだけの小路で、人通りなどほとんどなかった。

それがいまや食堂街と化し、夜ともなれば人の波がつづいている。

「先斗町はグルメが行く小路だとききましたが――」

友人のお嬢さんはわたしの説明に、思いがけないといった顔付きでつぶやかれた。

その点で時代小説は虚を書いているようで、かっての町の実を書いている。》（『真葛ヶ原の決闘　祇園社神灯事件簿三』）

この指摘を読めば、澤田作品の特徴である、歴史という過去の時間と空間を超えて、力強く湧き上ってくる〝現代性〟が、作者の時代批評から生み出されたものであることを知ることができる。そして、重要なのはこの指摘の内奥にあるものが本書に収録されている二作品の土台でもあることだ。

話を「これからの松」に戻そう。時代小説を面白くする重要なポイントは〝題材のユニークさ〟である。時代小説の場合、これが読者側の好奇心とストレートにつながっていくからである。特に、主人公の〝職業のユニークさ〟は物語の成否を決する力をもっている。〝職業〟は時代を映す鏡であり、そのユニークさをフィルターとすることで、独自の小説空間の創出が可能になるからだ。

「これからの松」の主人公・平蔵《へいぞう》が志す〝古筆見〟は、作者のユニークな職業から時代を切り取っていく、という手法の典型ともいえるものである。「期待値大」と表現したのはそのためだ。といっても職業を選定しただけで物語が完成するわけではない。大事なのは職業の〝独自性〟の奥に詰まっている人間のもつ〝普遍性〟をどうあぶり出すか、である。

作者は巧妙な人的配置を施している。ひとつは《古筆家は幕府の庇護《ひご》を受ける特殊な家として、京都では誰からも一目おかれていたのだ。》という世界に、庶民の平蔵を放り込んだことである。そして、その対極に名門の出である空穂助《うつぼのすけ》を置いたことである。この二人の葛藤が主導線となって物語は展開する。

感動的な場面をひとつ紹介しよう。古筆家の奉公見習に出ることを反対する父親に、母親と姉が説得する場面がある。

《「うちとおきぬが、仕立物に精を出して頑張りますさかい、お父はん、どうぞ平蔵を古筆家さまへやっとくれやす。平蔵は小さなときから妙な子どした。けどうちらが知らんかっただけで、広い世間には、平蔵の生きる道があったんどすわ。それに感謝せないけまへん。夫婦とおきぬ、三人がたとえ飢えて死んでも、平蔵さえその道で立派に世に

出てくれたら、うちらに悔いはないと、いまもおきぬと話し合うていたところどす」》
《「お父はんは、人にはそれぞれ分があると、いつもいわはります。けど平蔵は、自分の分を十分にわきまえ、伊勢屋でしっかり奉公してたさかい、神さまからつぎの分をあたえられたんとちがいますか。人間の分とはそれをいいますのえ」》

これは、子供のもつ可能性の芽を摘んではいけないという母と姉の思いがひしひしと伝わってくる名セリフである。これに前掲の『天空の橋』の「あとがき」を重ねれば、作者の弱者へのやさしいまなざしが伝わってくる。もちろん、こういった各所にちりばめられたエピソードは作者の虚構である。しかし、それは虚構という名において真実性を帯びている。作者の独壇場ともいえるエピソードを堪能できる。まぎれもなく〝勇気〟を与えてくれる作品なのである。

「天路の枕」も作者らしい〝武家もの〟である。物語の舞台は丹波篠山藩。まず、冒頭で篠山藩の特殊な事情が明かされる。篠山藩領の農民は早くから農閑期に池田・伊丹に酒造出稼ぎに行き現金収入をもたらしていた。こうした出稼ぎは江戸中期灘《なだ》五郷の発展とともに増加した。労働力の流出と労賃の高騰に困った豪農地主家作層は藩に働きかけて、酒造出稼ぎなどの領外出稼ぎに対して厳しい制限政策をとらしめた。これが物語の背景である。

本編はこの渦中に巻き込まれた主人公・重蔵《しげくら》清十郎の苦闘を描いたものである。作者は、矛盾を露呈しはじめた幕藩体制の歪《ゆが》みに足をとられた若い武士の有為転変《ういてんぺん》の人生を、現代にも通ずる凝縮《ぎょうしゅく》した人間ドラマをからめながら描いている。

留意すべきは武家ものを書きながら、その背後に作者固有のメッセージがひそんでいることだ。それは地酒ブームで杜氏という職業が脚光を浴びているが、その杜氏も歴史的に見れば、多くの先人の血と汗がしみこんだものである、ということを作者は語っている。伝統の技が継承されていく背後にあるその時代、時代を生きた人々の息づかいを読者に知ってもらいたいという作者の〝思い〟がここにある。ラストシーンで清十郎が吐くセリフが苦さをともなっているだけに余計、痛快である。

一九九九年四月　徳間文庫刊

光文社文庫

傑作時代小説
真《しん》贋《がん》控《ひかえ》帳《ちょう》——これからの松——
著 者 澤《さわ》田《だ》ふじ子《こ》

2006年11月20日 初版1刷発行

発行者 篠 原 睦 子
印 刷 慶 昌 堂 印 刷
製 本 フォーネット社

発行所 株式会社 光 文 社
〒112-8011 東京都文京区音羽1-16-6
電話 (03)5395-8149 編集部
8114 販売部
8125 業務部

© Fujiko Sawada 2006
落丁本・乱丁本は業務部にご連絡くだされば、お取替えいたします。
ISBN4-334-74159-2 Printed in Japan

Ⓡ本書の全部または一部を無断で複写複製(コピー)することは、著作権法上での例外を除き、禁じられています。本書からの複写を希望される場合は、日本複写権センター(03-3401-2382)にご連絡ください。

お願い　光文社文庫をお読みになって、いかがでございましたか。「読後の感想」を編集部あてに、ぜひお送りください。

このほか光文社文庫では、どんな本をお読みになりましたか。これから、どういう本をご希望ですか。

どの本も、誤植がないようつとめていますが、もしお気づきの点がございましたら、お教えください。ご職業、ご年齢などもお書きそえいただければ幸いです。当社の規定により本来の目的以外に使用せず、大切に扱わせていただきます。

光文社文庫編集部